KB072711

神教文화

廣揚文학

천미신교
낙양지부

천마신교 낙양지부 11

정보석 新무협 판타지 소설

초판 1쇄 찍은 날 § 2018년 3월 9일
초판 1쇄 펴낸 날 § 2018년 3월 16일

지은이 § 정보석
펴낸이 § 서경석

편집책임 § 이선근
편집 § 김경민

펴낸곳 § 도서출판 청어람
등록번호 § 제387-1999-000006호
등록일자 § 1999. 5. 31
어람번호 § 제2-2744호

주소 § 경기도 부천시 부일로 483번길 40 서경B/D 3F (우) 14640
전화 § 032-656-4452 팩스 § 032-656-4453
http://www.chungeoram.com
E-mail § chungeorambook@daum.net

ISBN 979-11-316-91674-8 04810
ISBN 979-11-316-91369-3 (세트)

11

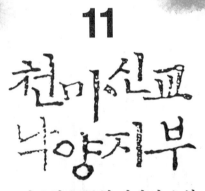

천미신교
낙양지부

정보석 新무협 판타지 소설

FANTASTIC ORIENTAL HEROES

도서출판 청어람

천미신교
낙양지부

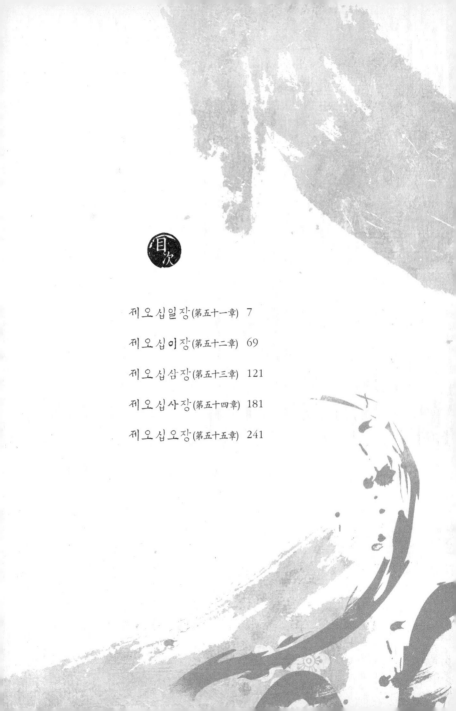

제오십일장(第五十一章)

다음 날 정오.

준준결승(準準決勝).

이는 여덟 명의 후보를 네 명으로 줄이는 대전을 칭하는데, 처음은 전진파 출신인 조근추와 낭인 출신인 무명(無名)의 대결이었다.

조근추는 전진파가 자랑하는 후기지수이고 무명은 자기의 신분을 밝히지 않은 자였다.

무림대회에서 무명의 무사가 출전하는 것은 흔한 일이다. 자기의 이름을 알리고자 무명으로 출전하여 사람들의 궁금증을 증폭시킨다.

그리고 우승을 하면 이름을 밝혀서 전 중원에 자기의 이름을 효과적으로 각인시키는 것이다.

피월려와 주소군은 관전석 가장 중앙에 앉았다. 황도에서 열리는 무림대회라 사람들이 엄청나게 많을 줄 알았는데 막상 와보니 그렇지도 않았다.

공간 자체도 그리 크지 않을 뿐더러 비어 있는 자리가 반 정도나 되었다.

"준준결승이라 그런 걸까요? 생각보다 사람이 너무 없네요."

그나마 있는 사람은 예선에서 탈락한 무림인들뿐이었다.

그마저도 대결 자체에 관심이 있다기보다 자기를 떨어뜨린 사람의 무공을 더 보기 위해서 있는 것일 터. 실제로 무림대회를 즐기기 위해서 이곳에 온 사람의 숫자는 열 손가락을 다 채우지도 못할 것이다.

"같은 무림인이 아니라면 무림인 간의 싸움을 즐기기는 어렵소. 황도에서 하는 싸움 공연과는 다르게, 실전은 생각보다 허무하고 멋도 없으니 말이오. 그나마 검기가 나와야 눈요기가 되는데, 예선에서 검기를 사용한 사람이 얼마나 됐겠소? 이미 범인들은 실망하고 무림대회에 관심을 끊은 것이오."

"하긴, 절정 이하의 싸움은 짧죠. 심심함을 견디다 못해 따라 나왔는데 솔직히 후회되네요. 이걸 봐서 뭐 하나 하는 생각도 들고."

피월려나 주소군처럼 절정고수가 되면 극도로 작은 차이에서 승부가 갈린다.

따라서 탐색, 견제, 판단 등을 하며 점차 싸움이 극으로 치닫고, 아슬아슬하게 승부가 마무리된다. 하지만 일류나 이류, 그리고 삼류에서는 비슷한 실력이라 할지라도 한 칼에 끝나는 경우가 비일비재했다.

서로 허점투성이다 보니 둘 중 상대방의 허점을 먼저 찌른 사람이 이기게 되기 때문이다.

피월려가 말했다.

"조근추가 일류고수라 알려져 있소. 그럼에도 우승자로 낙점이 되어 있다면, 분명 승부에서 이상한 점이 발견될 것이오."

"상대하는 무명이라는 자가 절정이라는 보장이 없잖아요? 그러니 이번 싸움에서는 조작하지 않고 실력으로 승부할 수도 있어요."

"무명 고수가 절정이 아니라 일류라고 해도 승리를 보장할 수 없소. 그러니 분명히 어떤 조작의 기미가 보일 것이오."

"아하. 아까 피 형이 제게 무림대회나 같이 관전하자고 했을 때 굉장히 이상했었는데. 제 눈을 빌리고 싶었던 것이군요?"

"이상했소?"

"평소에 제게 먼저 용무를 꺼내지 않으시잖아요?"

"……."

"뭐, 피 형 말고 다른 마인들도 다 그러지만. 제게 먼저 여길 가자 저길 가자 하는 사람은 천 공자를 제외하면 피 형이 처음이에요."

그도 그럴 것이 주소군은 묘하게 차가운 구석이 있다. 익힌 마공의 특성이라지만, 그걸 넘어서는 무언가가 확실히 있었기 때문에 사람들은 그에게 다가가기 어려워하는 것이다. 그러나 정작 본인은 그것을 모르는 듯 보였다.

때마침 한쪽에서 곱게 차려입은 노인이 부채를 들고 나와 대결장 중앙에 섰다. 그리고 중인을 바라보며 큰 소리로 외치기 시작했다.

"준준결승을 곧 시작하겠습니다. 검기로 인한 부상은 스스로의 책임이므로 본 주최 측과는 관련이 없습니다. 따라서 자신의 안전은 스스로의 몫입니다. 그럼 곧 시작하겠습니다."

그 노인은 그렇게 말하고는 쏙 들어가 버렸다. 간단명료한 소개말이 아닐 수 없었다.

"애초에 별로 신경도 쓰지 않는 듯하네요. 결승이나 돼야 사람들이 보일까요?"

"결승은 분명히 인산인해를 이룰 것이오."

"그럴 것 같지 않은데요?"

"남편이 결정되는 자리니 황궁제일미가 얼굴을 보이지 않겠소? 황궁의 사람들이 참관할 테니, 아마 황궁제일미를 구경하기 위해서라도 사람들이 모일 것이오."

"아하. 그러네요. 역시 피 형은 똑똑해요."

"뭐, 그런 걸로. 똑똑하고 말고 할 것도 없소."

"무슨 뜻이에요? 그런 것도 생각하지 못한 제가 멍청하다는 말로 들리는데?"

"절대 그런 뜻이 아니오."

주소군은 난처해하는 피월려를 보며 씨익 웃었다. 피월려는 그가 장난을 친다는 것을 깨닫고는 마주 웃어 보였다.

그때 '선수 입장'이라는 큰 소리와 함께 대결장 한쪽에서 두 사내가 나란히 걸어왔다.

한눈에 봐도 도교의 복장이라는 것을 알 수 있는 흰색 도복의 남자와 황도에서 찾아보기 힘들 정도로 해진 옷을 입은 남자였다.

비슷한 체형에 비슷한 키로 흔한 무림인의 모습이었는데, 넝마복의 무명 무사는 자기 체형에 어울리지 않을 정도로 큰 대도를 지니고 있었다.

그 둘은 대결장에 올라간 뒤 서로에게 포권을 취했다. 처음 소개를 맡은 노인은 대결장 중앙에 서서 손을 내렸다.

"결전!"

그 목소리와 동시에 둘은 무기를 뽑아 들고 서로를 견제하기 시작했다.

주소군이 하품을 하며 말했다.

"하다못해 깃발이라도 있어야 하는 거 아닌가요? 손으로 내리다니, 여기가 황도라는 걸 잊어버리게 만드는군요."

"주최 측에서도 이번 대결 자체를 그렇게 중요시 여기지 않는 듯하오."

"피 형이 잘못 짚은 거 아니겠어요?"

"그렇기에 더 의심이 가오."

"자도 되죠?"

"안 되오. 싸움을 주시해 주시오."

그들이 편안한 대화를 나누는 동안에도 본격적인 대결은 일어나지 않고 있었다. 서로 일 장 이상의 거리를 두면서 수시로 눈동자를 굴릴 뿐, 도통 검을 휘두를 생각을 하지 않는 것이다.

주소군은 피월려가 들릴 만큼 크게 한숨을 내쉰 뒤에 몸을 앞으로 숙이며 손으로 턱을 괬다. 그러고는 인심 한번 쓴다는 듯이 대결 상황을 훑어보았다.

"저 무명 고수, 일단 백도의 인물이네요."

피월려는 갑작스러운 그의 추측에 놀라 물었다.

"왜 그렇게 생각하시오?"

"백도인들은 일대일 상황이면 다들 서로 한참을 보다가 심하게 고민하다가 선공을 하죠. 뭐, 그래 봤자 일검에 죽는 건 흑도나 백도나 똑같지만."

"그것 때문이었소?"

뭔가 논리적인 이유가 뒤에 있을 줄 알았는데, 주소군의 말은 완전히 감에 치중한 것이었다.

주소군은 묘한 미소를 지으며 피월려의 반문에 대답했다.

"전 피 형처럼 하나하나 일일이 계산하고 싸우는 사람이 아니에요. 오로지 본능에 모든 것을 맡기는 축이죠. 그런 점에서 제 눈을 빌리고 싶다는 거 아닌가요?"

확실히 그랬다. 무공에서만큼은… 아니, 승부에서만큼은 주소군의 감이 용안심공보다 훨씬 용이할 것이라는 판단에서 그를 데려온 것이다.

따라서 그의 감이 논리적이지 못하다 하여 무시한다면 애초에 그를 데려올 이유가 없다.

피월려는 사과했다.

"미안하오, 순간 실언했소."

"아니요. 괜찮아요. 그나저나 서로 공격하려면 꽤나 오래 걸릴 것 같네요. 백도 고수들은 왜 저런 걸 멋있다고 생각할까요? 우린 다른 얘기나 하죠."

"무슨 얘기를 말이오?"

"피 형의 검이요. 그거 장대검이죠? 양손으로 쓰는 장검. 전에 쓰던 것과는 많이 다르네요."

"내가 무형검을 익히는 것을 잘 알 것이오. 검이라면 가리지 않고 써야 하오."

"하지만 전번 검은 피 형에게 특별한 검이 아니었나요? 제가 알기로는 그것으로 무형검에서 벗어나기로 하셨잖아요?"

"분실했소."

사검(死劍)의 극의(極意)인 어검술(御劍術). 피월려는 역화검을 통해 그중 수어검(手御劍)을 완성했고 신검합일의 묘리를 담을 수 있었다.

음기, 한기 그리고 귀기까지 덧입힌 역화검의 안에 있는 대장장이의 사념을 협박하여 반강제로 어검술을 이룬 특이한 경우이다.

따라서 역화검이 아니라면, 어검술에 대한 피월려의 깨달음은 전혀 쓸모가 없다.

그걸 분실했다니, 주소군은 어안이 벙벙했다.

"상상할 수도 없어요. 전 설주(雪主)를 빼앗기느니 차라리 생명을 포기할 거예요."

피월려는 주소군의 검인 설주를 곁눈질로 흘겨보았다.

"그 검은 주인을 잘 만난 것이오. 자기를 위해서 생명을 포기하는 주인이라니. 주 형이 그토록 검기를 잘 쓰는 이유를 알겠소. 허나 나는 역화검에 그 정도의 마음을 주지 않았소. 애초에 무형검을 익히며 검을 도구로밖에 취급하지 않았소. 그러니 분실한 것이오."

"다시 찾을 수는 있나요?"

피월려는 사천당문으로 향한 가도무를 생각했다.

"아마… 불가능할 것이오."

"……."

"이 장대검도 썩 나쁘진 않은 것 같소. 역화검이 처리해 주던 극양혈마공의 넘치는 양기를 무게로 억누르는 녀석이오. 마기의 영향으로 힘이 넘쳐서 주체하기 어려운데 이 무식한 무게를 양팔로 들고 있으면, 고요함이 찾아드오."

"피 형은 정말 귀찮은 마공을 익히셨어요. 실전은 어때요?"

피월려는 쓴웃음을 지었다.

"아직 제대로 된 실전을 한 적이 없소. 역화검을 분실하고 얼마나 실력이 줄었는지 솔직히 염려되오."

"언제 기회가 되면 제가 상대해 드릴게요. 저도 새로운 마공을 시험하고 싶으니 같이 실험해 보죠. 개봉지부에 연무장이 있었으면 좋았을걸."

"하하하."

피월려가 웃는 사이, 처음으로 무대 위의 두 무사가 격돌했다.

서로 탐색전이 끝나고 본격적인 대결이 시작된 것이다. 피월려의 표정에서 웃음기가 즉시 증발하고, 눈빛에서 진지함이 묻어나왔다.

주소군도 그들의 대결을 주시했다.

캉!

승부는 단번에 났다.

두 검이 부딪침과 동시에 무명 무사의 검이 두 동강 나며 땅에 떨어진 것이다.

검으로 검을 베어버리다니. 피월려의 눈이 휘둥그레졌는데, 주소군의 눈빛은 한층 가늘어졌다.

주소군이 말했다.

"전진파의 검공은 속도가 느린 대신 검의 강도를 비약적으로 상승시키는 특성이 있어요. 무명 무사가 그걸 몰랐을까요? 처음부터 검과 검을 맞대다니요."

피월려는 주소군을 돌아보며 말했다.

"그런 특성이 있소? 나도 몰랐소만."

"전진파가 워낙 중원에 나오지 않기 때문에 잘 모르기도 하죠. 하지만 꽤 알려진 사실이에요. 전진파의 고수를 맞상대하는 자가 조금만 사전 조사를 하면 알 수 있는 것이죠."

"……"

"조작의 증거라기에는 미미하지만 분명 의구심이 드는 부분이군요."

"그렇소. 주 형이 아니라면 놓칠 뻔했소."

주소군은 박수를 짝 하고 쳤다.

"그럼 일은 끝난 거죠? 그럼 우리 밥이나 먹죠. 개봉에는 먹을 게 엄청 많다던데."

"뭐, 그렇게 합시다."

주소군과 피월려는 곧 그곳을 떠나 가까운 음식점에 갔다.

*   *   *

이틀 후.

피월려와 진설린은 저녁이 되도록 황도를 구경했다. 엄밀히 말하면 진설린이 구경을 했고, 피월려는 질질 끌려 다닌 것이지만.

하루 종일 황도를 돌아다닌 진설린의 배에 허기가 찾아왔다.

그녀는 본능적으로 음식을 찾았는데, 타오르는 불로 요리하는 색목인의 모습이 눈에 띄자 조르르 그곳으로 달려가 구경했다.

그녀의 신변을 보호하기 위해서 호위무사처럼 내내 붙어 다닌 피월려는 지친 발걸음을 이끌고 서둘러 따라갔다.

"이거 먹죠!"

"......."

피월려에게는 선택의 권한이 없었다. 어느새 자리에 앉은 진설린은 그에게 빠르게 손짓했고, 그는 주변을 빠르게 훑어 위험 요소를 확인한 후 그녀의 옆에 앉았다.

덩치 큰 남자가 팔다리를 벌리고 누워도 될 만큼 큰 상 위에 온갖 종류의 음식이 올라오기 시작했다.

상 위에 놓인 음식의 종류는 일곱이 넘어갔는데, 쳐다보기만 해도 위액이 솟는 기분이 들었다. 발음하기도 어려운 서방 나라의 음식은 누가 음식이라고 알려주기 전까지 음식인지도 모를 모습을 가지고 있었다.

몇 가지 음식을 젓가락으로 깨작이던 피월려는 딱 하나를 정하고 그것만 입에 대었다.

그조차도 맛이 없어 그는 배를 끝까지 채우지도 못했다.

그 음식 외에는 도저히 목구멍으로 넘길 수 있는 것이 없었다.

피월려는 힐긋 진설린을 보았는데, 입안 가득 음식을 담은 진설린이 살포시 웃어 보였다.

그녀는 코까지 내려오는 반투명한 면사로 얼굴을 반쯤 가리고 있었기 때문에 마치 갑자기 매우 뚱뚱해진 것 같았다.

그녀는 힘들게 음식을 씹어 삼킨 뒤 말했다.

"이런 음식은 입에 안 맞죠?"

"음식이긴 한 것이오?"

"그럼요! 얼마나 맛있는데요. 황룡무가에서도 몇 번밖에 먹어보지 못한 진귀한 거예요."

"돈이 없는 거지도 이건 안 먹을 것이오."

"못 먹는 거죠. 입맛이 다른 건 이해해요. 일반 범인들은 그냥 고기도 잘 못 먹잖아요. 이런 음식은 혀가 고기 맛에 질려야 비로소 알 수 있어요."

"참 나."

"오묘한 식감과 향은 쉬지 않고 혀를 자극하죠. 피 대원도 그러지 말고 먹어봐요."

"충분히 먹었소."

"피. 같이 먹을 때는 맛있게 먹어줘야 하는 것도 예의예요. 나 밥맛 떨어지게."

피월려는 입을 다물고는 차를 하나 시켰다. 그러자 점소이라고 부르기에는 위압적으로 생긴 사내가 걸어 나왔다. 팔다리가 길고, 코가 크며, 입술이 두텁고, 온몸이 검은 이방인이었다.

"흑노(黑奴)가 점소이라니……."

피월려의 독백에 그 사내가 말했다.

"전 노예가 아닙니다. 고용된 점소이일 뿐이지요."

억양이 억새고 음정이 상당히 낮은 목소리였다.

"그런가? 그럼……."

피월려는 순간 말문이 막혔다. 흑색의 피부를 가진 이방인을 칭하는 단어는 흑노 혹은 곤륜노였는데, 그 두 단어 모두 노예라는 의미를 가지고 있었기 때문이다. 그러니 노예가 아닌 흑노를 어떻게 불러야 할지 막막했다.

다행히 그 점소이가 도와주었다.

"흑인입니다. 중원인들에겐 생소하겠지만 저 또한 사람이지요."

피월려는 고개를 갸웃하며 말했다.

"사람? 글쎄……. 종(種)이 같은지 족(族)이 같은지는 모르는 거 아닌가? 말을 한다 해서 사람이라는 뜻은 아니지."

그 점소이는 유독 하얀 치아를 보였다.

"흑인과 중원인 사이에서는 아이가 나옵니다. 사람이 태어나니 흑인 또한 사람이 아니겠습니까?"

반박할 수 없는 논리.

피월려는 묘한 눈길로 잠시 그를 빤히 보다가 저 멀리 한 아이가 그들을 바라보고 있다는 걸 깨달았다.

까부잡잡한 피부를 가지고 있는 그 아이는 중원인의 눈으로 그들의 대화를 주의 깊게 관찰하고 있었다.

그 아이는 막 다른 손님의 계산을 도와주는 한 중년 여인의 다리를 붙잡고 있었는데, 그 여인의 자식인 듯 보였다.

피월려는 그 자리에서 일어나 포권을 취하며 고개를 숙였다.

"실언했소. 내 생각이 짧았소. 또한 깨달음을 주어서 감사하오."

"아닙니다. 이곳은 중원인의 수도이니, 이방인인 제가 감수해야 하는 것이죠. 분부는 무엇입니까?"

진설린이 어색해진 분위기를 바꾸고자 피월려가 말하기 전에 끼어들었다.

"월랑. 그렇게 서 있지 말고 앉아요. 그리고 점소이. 차를 마시고 싶은데 뭐가 있지?"

"무엇이든 있습니다."

평소에 피월려가 마시는 차를 잘 알고 있던 진설린이 주문했다.

"그럼 월랑은 녹차로 주고, 난 독요차로 줘."

"성내에는 양귀비의 반입이 엄격히 금지되어 있습니다. 독요차는 무리일 듯싶습니다만."

"무엇이든 있다면서?"

"물론 무엇이든 있지요."

"……."

"……."

피월려는 조용히 품속에 손을 넣어 금 한 냥을 꺼내 점소이에게 주었다.

"이거면 되겠소?"

점소이는 그것을 점잖게 받으면서 말했다.

"손해는 아니니 받기는 하겠습니다."

그러고는 주방으로 걸어가 버렸다. 돈을 보고 굽실거리는 점소이의 모습을 상상했던 피월려는 내심 괘씸하여 그의 뒤통수를 노려보고 있었는데, 그 마음을 눈치챈 진설린이 입꼬리를 올리며 말했다.

"뭔가 언짢아요?"

그녀의 말투에는 장난기가 다분히 섞여 있었다. 피월려는 그녀가 정말로 모르고 물어본 것이 아님을 알고는 얼굴을 굳혔다.

"아니오."

"에이…… 솔직히 점소이가 저렇게 당당할 줄은 몰랐죠?"

"……."

"월랑은 참. 자기 돈도 아니면서."

확실히 그 금 한 냥은 천마신교에서 지급한 돈이다. 피월려는 부끄러움에 버럭 소리를 지르려 했지만, 점소이가 차 두 잔을 들고 오는 것을 보고 속으로 삼켰다.

피월려는 녹차를 음미하면서 차를 마시는 진설린을 보았다. 독요차가 무엇인지는 몰랐지만, 대화에서 유추하건대 양귀비로 만들어진 차라는 것은 알 수 있었다.

피월려가 물었다.

"그거 맛이 어떻소?"

진설린이 말했다.

"맛이 좋아서 먹는 게 아니에요. 어렸을 때부터 많이 먹어서, 익숙해서 먹는 거죠. 그냥 옛날 생각도 나고요."

양귀비로 만든 차를 어렸을 때부터 많이 먹었다? 피월려는 의문이 들었지만 묻지는 않았다. 어릴 적, 방 안에서 고통의 나날을 보낸 진설린의 과거를 캐묻는 것은 둘 모두에게 바람직하지 않았기 때문이다.

서로 차를 음미하느라 시간 가는 줄 모르는 사이, 큰 북소리가 수도의 하늘에 울려 퍼졌다.

그 소리는 황궁에 위치해 있는 거대한 북에서 나는 소리였는데, 황도 전체에 시간을 알려주는 기능을 했다. 그 크기가 집채만 하고, 한 번 울리기 위해서 성인 남성 이십 명이 동원될 정도였다.

그것을 강하게 치니, 소리가 황도의 끝자락까지 닿을 수 있었다.

진설린이 찻잔을 급하게 내려놓으며 손뼉을 쳤다.

"어머! 벌써 술시 초가 됐나 봐요. 이러다가 정유리(浄瑠璃) 어물(語物)에 늦겠어요."

피월려도 찻잔을 내려놓았다.

"바로 요 앞이오. 그러니 지금이라도 서둘러 간다면 출입을 허락할 것이오."

"당장 가요!"

진설린은 바로 일어났고, 피월려도 따라 일어났다. 그녀는 종종걸음으로 빠르게 걸었는데, 피월려는 그 뒤를 바싹 쫓으면서 혹시라도 있을 불상사에 대비하여 그녀의 주변 반경 일장을 계속해서 주시했다. 그 외의 바깥 영역은 그를 따라오는 주하가 할 일이기 때문에 피월려가 걱정할 필요가 없었다.

일각이 조금 못 미치는 시간이 걸린 후에 그들은 목적지에 도착할 수 있었다. 목적지는 다름 아닌 정박해 있는 거대한 목조 배였는데, 배가 아니라 그냥 건물이라고 해도 믿을 정도로 거대했다. 그것은 중원에서 찾아보기 힘든 양식으로 지어졌는데, 밝은 빛깔의 나무와 햇빛을 막는 갖가지 색깔의 천막은 왜국(倭國)에서나 볼 법한 종류의 것이었다.

그 배의 유일한 출입구는 한 홍교의 위에 나무판자로 이어지고 있었다. 그런데 이제 막 떠나려는지, 한 사내가 그 나무판자를 들어 올리려 했다. 진설린은 다급한 마음에 내달리면서 크게 소리쳤다.

"잠깐만요!"

그 사내는 진설린을 보았고, 진설린은 숨을 거칠게 몰아쉬면서도 품속에서 입장을 위해 필요한 구슬 두 개를 꺼내는 것을 잊지 않았다.

"하아, 하아. 여기요. 저하고 이분까지. 두 명이에요."

그 사내는 구슬의 속을 면밀히 살피더니 곧 손짓하며 배 안으로 들어오라 했다.

"고마워요. 근데, 여기 정유리 어물을 하는 곳 맞죠?"

"죠루리(じょうるり) 가타리모노(かたりもの)를 말하는 것이라면 맞소. 신혼부부만 아니었으면 봐주지 않았을 것이오. 어서 들어가시오."

그 사내는 진설린이 쓴 면사를 보고 이제 막 혼인한 신부라고 생각한 듯싶었다.

진설린은 기분이 좋아졌는지 냉큼 피월려의 품속에 몸을 던지면서 말했다.

"들었죠, 월랑? 어서 들어가요, 헤헤."

피월려는 사내에게 고개를 끄덕이며 감사를 표했다. 그러고는 나무판자 위를 걸어 배 안으로 들어갔다.

그러자 지독한 어둠과 시끄러운 소음이 그들을 반겼다. 눈이 점차 어둠에 익숙해지기 시작했고, 곧 배 안의 전경이 눈에 들어오기 시작했다.

배는 마치 거대한 공연장과 같았다. 한쪽에는 무대가 마련되어 있었고 그 무대를 빙 둘러싸고 꽤 많은 사람이 자리에 앉아 있었다. 다양한 문화의 다양한 사람들이었지만, 하나같이 모두 귀태가 넘쳤다.

왜국에서부터 직접 개봉까지 와서 공연하는 왜국식 낭창(朗唱) 공연은 개봉에서도 좀처럼 보기 힘든 진귀한 것이었다. 값비싼 옥구슬을 입장료로 파는 것만 보아도 이 공연이 얼마나 사치스러운 것인지 알 수 있었다.

피월려는 진설린의 뒤에 바짝 붙어서 그녀를 호위했다. 그러면서 빈자리를 찾아 이동했는데, 의외로 빈자리가 꽤 많아 전망이 좋은 곳에 앉을 수 있었다.

주변 인물을 파악하고 안심한 피월려는 주하만 들을 수 있는 신호음을 입에서 내었다.

주하는 즉시 답했다.

[들어왔습니다. 입구가 하나밖에 없고 작아서 애를 먹었습니다만, 다행히 입구를 호위하는 자가 없어서 가능했습니다.]

피월려는 고개를 끄덕였다. 그러고는 진설린의 옆에 앉았다.

진설린은 눈을 깜빡이며 배 안을 구경하느라 정신이 없었는데 어린아이처럼 입을 벌리고 있는 모습이 꼭 사슴 같았다.

피월려는 그녀의 면사를 벗겨주며 말했다.

"이렇게 하는 게 더 잘 보이지 않겠소?"

진설린은 혀를 살포시 내밀며 말했다.

"헤헤. 그러네요. 너무 익숙해서 깜박한다니까요."

"여긴 어두워서 우리처럼 무공을 익히지 않은 한 얼굴을 잘 확인할 수 없소. 그러니 시비를 걸 자들도 없을 것이오."

"그렇죠. 마음이 좀 놓이네요."

진설린의 미소를 보면 마음이 따뜻해진다. 피월려는 자기도 모르게 기분이 좋아졌는데, 순간 등골이 오싹한 불쾌감이 전신을 감싸 안았다.

털썩.

피월려의 바로 옆에 쓰러지듯 주저앉은 사내는 감정이 없는 눈길로 무대를 바라보고 있었다.

피월려가 둘러보니 주변에도 빈자리가 많았다. 그런데 그 사내는 그 모든 빈자리를 두고 굳이 피월려의 옆에 앉은 것이다.

남자가 앞을 계속해서 응시하며 말했다.

"안녕하십니까? 피 소협 되십니까?"

피월려도 그 사내에게서 눈을 떼고는 정면을 응시하며 말했다.

"그렇소. 그쪽은?"

사내는 몸에 더욱 힘을 빼더니 아예 자리에 누워 버렸다.

"당연하지 않습니까? 이 씨입니다."

그림에 그려져 있던 사내와 인상이 닮았다. 피월려는 그대로 주하에게 신호하며 그녀의 의견을 물었다.

주하가 대답했다.

[상당한 고수인 듯싶습니다. 그 외에 이상한 점은 보이지 않습니다.]

피월려가 확인차 물었다.

"이운소가 맞소?"

이운소는 하품을 하며 입에 손을 가져갔다.

"거 참. 의심이 많습니다. 맞습니다. 이제 됐습니까?"

"……."

거짓을 말하는 것 같지는 않다. 피월려는 침묵하고 그의 의중을 살폈다. 그러자 이운소가 말을 이었다.

"이럴 때는 그냥 이 씨다, 이렇게 하는 게 멋있는 겁니다. 뭐, 그렇게 굳이 이름까지 간단 말입니까?"

"여긴 개방의 거지가 없소. 그리고 몇몇 거부가 옆구리에 끼고 온 고급 기녀들은 모두 하오문 소속. 어차피 조용히만 이야기한다면 어디까지 이야기하든 상관없다고 보는데."

"고리타분하네. 차라리 화오방에서 만날 걸 그랬습니다. 거기서 만나는 게 더 짜릿하지 않았겠습니까? 언제라도 개방이 엿들을 수 있다는 생각을 전제로 이야기를 나눴으면 꽤 재밌었을 텐데 말입니다."

"이곳을 고른 건 이 소협이 아니시오? 나는 그 결정이 매우 좋았다고 생각하오만."

"후후후. 소협이란 말이 꽤 어색하신 듯합니다."

"……."

"이 공연은 꽤 깁니다. 그동안 많은 대화를 나눌 수 있을 테니 천천히 하도록 합시다. 혹 육포 좀 뜯겠습니까?"

이운소는 어디서 나왔는지 모를 육포를 한 손 가득히 쥐고 있었다.

피월려가 그것을 보고만 있자 이운소가 말을 이었다.

"공연을 보면서 입이 심심할 겁니다."

피월려는 전혀 받을 생각이 없었다.

그러나 그의 허리를 옆에서 살포시 꼬집는 진설린은 그것이 먹고 싶었나 보다.

피월려는 그것을 받으면서 말했다.

"고맙소."

"별말씀을."

그때, 무대 위의 횃불이 피어오르기 시작했다.

주변을 환하게 비추기 시작한 그 빛은 정확히 무대 안까지만 비추었고, 구경하는 중인들은 여전히 어둠 속에 있었다.

실로 놀라운 기술이 아닐 수 없었다.

그리고 위에서부터 귀를 울리는 기이한 음악이 들리기 시작했다.

왜국의 전통음악으로, 중원의 것과 비슷하게 생긴 악기로 연주했는데 소리가 훨씬 높고 가늘었다.

그때, 위에서 누군가 무대 중앙으로 뛰어내렸다.

쿵!

"오!"

"와!"

사람들의 감탄사를 인사로 받으며 고개를 숙이는 남성은 왜국의 옷을 입고 있었다.

펑퍼짐한 옷자락과 줄무늬로 이뤄진 그 옷은 매우 깨끗했고 활동하기 편해 보였다.

이마 양쪽으로 뿔이 난 가면을 쓰고 있었는데 그 가면 아래로 사백안과 같은 눈동자가 번뜩였다.

남자는 코부터 반달 형태로 드러나 있는 입을 크게 열고는 소리쳤다.

"하잇! 이곳에 오신 중원의 귀인분들! 이제부터 저희 왜국의 가타리모노를 시작하도록 하겠습니다. 긴장하시 마시고, 편안하게 즐기다 돌아가시길 기원합니다. 그럼 시작합니다!"

간단히 인사를 마친 그는 몸을 느릿느릿하게 움직이며 춤을 추기 시작했다.

그 움직임은 점차 음악을 따라가더니 이내 일심동체가 되어 움직였다.

무림인인 피월려의 눈으로도 그의 움직임은 예사롭지 않게 보였는데, 마치 줄에 매달린 인형의 움직임을 보는 것 같았다.

"흥미로운 움직임이 아닙니까? 대단하군요."

피월려는 이운소의 질문에 대답했다.

"예인(藝人)의 움직임에는 배울 것이 많소. 어떤 분야든 상관없지."

"저 먼 왜국에서 최고로 손꼽히는 자이니 그 분야에서는 정점을 찍는 자가 아니겠습니까? 직접 보니 무당파의 무공보다 더 부드러운 것 같습니다. 본 파는 유(流)에 관해선 타의 추종을 불허하는데……."

"유뿐만이 아니오. 동(同)에 있어서도 대단하오. 움직임이 음악과 하나가 되지 않았소?"

"확실히 좋긴 좋군요. 본 파의 태극진인과도 비견될 정도입니다. 대단하군요."

"……."

이 말을 하기 위해서인가? 피월려는 차분히 기다렸고, 이운소가 물었다.

"다섯을 죽이셨다는데. 어땠습니까?"

"내가 상대한 자들은 셋이요. 그리고 암습으로 죽여서 그들의 무공을 직접 대면하진 못했소. 허나 수십 장이 넘어가는 거리를 날아가는 검기를 보고, 무당파의 내공이 얼마나 정순한지 간접적으로나마 알 수 있었소."

"유의 속성이 담겨 바람을 타고 움직입니다. 손실되는 기가 매우 적어 초절정에 계신 분들은 백 장까지도 검기상인(劍氣傷人)이 가능합니다. 본 파에선 그걸 유풍살(柔風殺)이라고 하는데, 소림파에서 금강부동신법을 자랑한다면 이것이 바로 본 파의 자랑이지요. 그걸 피하셨다니 대단하군요."

"앞에 뛰어가던 말을 방패 삼았으니, 나 혼자의 힘으로 피했다고는 말할 수 없소."

"그래서 간접적이라 하신 거군요."

"그렇소."

"본 파에서 하도 낙성, 낙성하기에 궁금해서 물었습니다만. 낙성은 쓰지도 않았겠습니다, 그럼?"

"그렇소. 뭐 하러 굳이 흔적을 남기겠소?"

"하기야."

무대 위의 남자는 춤을 멈췄다. 그리고 입을 열어 큰 소리로 노래를 하기 시작했다.

왜국의 언어라 피월려는 알아들을 수 없었지만, 그 속에 담긴 간절한 감정만큼은 언어를 뛰어넘는 수준의 전달력을 가지고 있었다.

진설린은 벌써 눈가가 촉촉해지는 듯 보였다.

피월려가 이운소에게 물었다.

"낙성이 무당파의 무공과 극상성이라 들었소. 그것이 사실이오?"

이운소는 놀라 피월려를 돌아보았다.

"설마 모르고 계셨습니까?"

"남을 통해 들어서 알게 되었을 뿐이오."

"광소지천이 그것을 가르치며 가장 중요한 부분을 알려주지 않았다니 희한합니다."

"사실 나는 그에게 직접 배운 것이 아니오."

"그러면?"

"그의 동작을 기억하고 따라하는 것일 뿐이오."

"……"

이운소가 말이 없자 피월려가 다시 물었다.

"무당파의 무공과 극상성이라는 것이 사실이오?"

이운소는 잠시 말이 없다가 무대로 고개를 돌리며 말했다.

"맞습니다."

"……"

피월려가 말이 없자 이번에는 이운소가 물었다.

"무엇이 아직도 의문이십니까?"

"낙성은 하나의 외공이 아니요? 그저 발검술에 지나지 않소. 그뿐이거늘 어떻게 무당파의 모든 무공과 극상성일 수 있다는 말이오?"

이운소는 담담하게 대답했다.

"간단합니다. 그 검술은 무당파의 모든 무공에 담겨 있는 유(流)를 차단하기 때문입니다."

"유를 차단한다?"

"발검술의 발상지가 어디인 줄 아십니까?"

"모르오."

"왜국입니다."

"왜국?"

"왜국의 무사들은 철이 부족하여 예로부터 갑옷을 잘 착용하지 않았습니다. 때문에 가장 효과적으로 적을 죽이는 방법으로 극한의 속검을 익히기 시작했고, 그 속검의 극의로 발검술이 만들어진 것입니다. 중원에서는 갑옷을 뚫기 위해서 내공의 발전이 이뤄졌고 그 때문에 다시 갑옷의 효과가 사장되면서 내력의 사용 방법이 여러 갈래로 갈라졌습니다. 그 갈래 중 무당파는 유(流)를 기본으로 모든 외공과 내공을 만들어 그 극을 이룬 문파입니다. 그런데 그 유와 가장 극상성인 것이 바로 속(速)입니다."

"왜 그렇소?"

"속에는 흐름이 단 하나밖에 없습니다. 쾌(快)와는 다릅니다. 하나의 흐름에 모든 검로를 담은 것……. 그것이 바로 속검입니다. 그러니 그런 기본적인 것에서부터 발검술은 무당파에 유리한 이점이 있습니다. 그런데 그런 발검술에 내력을 더하여 펼친다? 더 이상 논할 것이 없습니다."

"……."

"그들이 내공을 깨닫게 되면, 그들의 무공이 생길 것이고, 그것이 중원으로 유입된다면, 무당파는 지금만큼 큰 힘을 쓰지 못할 것입니다."

피월려는 실소했다.

"그래서 중원에 존재하는 왜인들을 모두 잡아 죽이실 작정이오?"

"그중 무공을 탐하는 자가 있다면 그리할 것입니다."

"……."

"이는 단순히 무당파의 이해득실만 따질 것이 아닙니다. 자칫 잘못하면 그들이 세력을 불려 중원을 침공할 수도 있습니다."

"황당한 망상이시오. 왜인을 죽이기 위한 변명거리로밖에 들리지 않소만. 그리고 타국이 무공을 익혀 중원을 침공할 것 같다는 걱정을 하시려거든 왜국이 아니라 동이족을 더 살펴야 하는 것 아니오? 중원은 동이족과의 교류가 훨씬 활발하오."

"동이족은 무(武)를 천대합니다. 중원의 보호 아래 있다 보니 길들여진 것이죠. 그들은 영원히 중원을 침공할 생각을 하지 못할 것입니다. 하지만 왜국은 다르죠. 그들은 그들의 작은 섬 안에서조차 피로 피를 씻는 아수라장이 몇백 년이 흐르는 동안 유지되어 왔습니다. 그들은 무를 숭배하고 무를 귀히 여깁니다. 그들에게 무공이 흘러들어 가는 것은 무슨 일이 있어도 막아야 합니다."

그때쯤, 무대 위에 다섯 명이 넘는 남자가 튀어나왔다. 요괴같은 분장을 한 채로 허리춤에 찬 칼을 뽑아 들었는데, 길이가 길고 매우 얇은 것이 전형적인 쾌검이었다.

그들은 검을 뽑아 든 채 싸움을 하는 시늉을 하며 춤을 추었다.

무림인인 피월려가 보아도 손색이 없을 정도로 실전과 유사한 연기를 보여주었다.

피월려가 그들의 움직임을 감상하며 말했다.

"이곳에 온 목적이 따로 있는 듯하오만."

이운소는 잠시 뜸을 들이다가 말했다.

"첩자 생활은 꽤 고달픕니다. 이런저런 것이 있지만 그중 가장 짜증 나는 건 임무가 두 배라는 것이겠죠."

"속가제자라고 들었소만, 속가제자는 정식제자가 아니지 않소?"

"그래서 오히려 임무가 많습니다. 구파일방이 속가제자를 들이는 이유는 귀찮은 일을 맡기기 위해서입니다. 정식제자들을 세속에 물들지 않게 하기 위해서 집 안에 꽁꽁 숨겨둔 채로, 속가제자에게 밖의 더러운 일을 맡깁니다."

"의외로군. 정식제자들에게 구파일방의 요직을 맡기기 위해서라면 그래도 세상 물정을 배워야 하지 않겠소?"

"그야 그렇지만, 구파일방의 무공은 대부분 극도로 정순하기 때문에 조금의 사념조차도 방해가 되는 경우가 많습니다. 세속에 물들어 버려 내공이 더 이상 증진하지 않는 경우가 수두룩합니다."

이운소는 구파일방에 잠입한 첩자 중 유일하게 일류고수가 된 자라고 했다.

첩자 생활같이 정신적으로 고달픈 삶을 살면서 정순하기 그지없는 백도의 내공으로 일류에 도달하기는 하늘의 별을 따는 것만큼이나 어려울 것이다.

피월려는 한마디로 표현했다.

"무인의 삶보다 더 힘들었을 것이라 생각되오. 대단하시오."

이운소는 미소 지었다.

"제 이름이 이운소가 된 이후부터 정해진 운명입니다."

"아, 본명이 아니시오?"

"설마 천하제일검 이소운과 비슷한 이름을 우연하게 부모로부터 받았겠습니까? 첩자 생활을 시작할 당시, 천하제일검의 관심을 조금이라도 끌고 싶어 이름을 그렇게 지었습니다만 지금까지 얼굴도 못 뵈었습니다."

"본명은 어떻게 되시오?"

"버렸습니다. 기억도 안 납니다."

"그렇소?"

"어차피 다시는 쓰지 않을 이름입니다."

본명을 기억 못 할 리가 없었다. 이운소의 단호한 말은 그의 다짐을 잘 보여주고 있었다.

피월려는 다소 엉뚱하게 흘러 버린 대화의 길을 따라 올라가, 본론을 말했다.

"장소를 이곳으로 정한 이유가 무엇이오?"

이운소가 대답했다.

"피 소협께서 제게 임무를 부여하길 원한다는 소식을 들었습니다. 하지만 절차를 세세하게 따져보면 피 소협께서는 제게 명령할 권한이 없으십니다. 제 위치는 교주 직속으로 교주의 인장이 없으면 장로조차도 제게 명을 내릴 수 없습니다."

피월려는 이번 임무의 중심인물이다.

따라서 어느 정도 강제력은 있지만, 이운소의 말이 사실에 더 가까웠다.

만약 무작정 명령을 내릴 수 있었다면, 직접 만나기는커녕 서찰만 던져주었을 것이다.

피월려가 말했다.

"그렇소. 그래서 만나길 청한 것이오."

"명이 아니라 부탁이라 이 말입니까?"

"나는 타인에게 부탁하지 않소. 혹 원하는 것이 있으면 말씀하시오."

"역시 그리 말하실 줄 알았습니다. 그래서 고른 겁니다. 이곳으로."

피월려의 눈썹이 꿈틀거렸다.

"이곳에서… 어떤 일을 벌이고자 함이오?"

"소협께서 자신의 일을 제게 부탁하셨으니, 저 또한 제 일을 소협께 부탁하고자 합니다."

"말씀하시오."

"이 배의 지하에는 중원의 무공 서적이 가득 들어 있습니다. 왜인이 무리를 지어 개봉에 와서 돈을 벌고, 그 돈으로 눈에 보이는 무공 서적이란 무공 서적은 닥치는 대로 구매했습니다. 지금도 진행되고 있는 일입니다. 그들은 그렇게 구매한 무공 서적을 이 배에 모두 모아놓았습니다. 왜국에서 온 가장 큰 배이기 때문입니다."

"……."

"시선을 빼앗아주셔야겠습니다. 한 일각이면 됩니다."

"그거야 어렵지 않소만, 그 부탁을 들어주면 그대 또한 조근추를 죽일 것이오?"

"그렇습니다."

피월려는 잠시 그를 빤히 보다 말했다.

"백도무림에서 이번 대회를 처음부터 조작했다는 정보가 있소. 어느 정도까지 알고 계시오?"

이운소가 말했다.

"천마신교에는 이미 보고를 했습니다만, 소협의 귀에는 아직 들어가지 않은 듯합니다. 사문에서는 준결승(準決勝)에서 기권하거나 승부에 패배하라고만 했습니다. 그 외에는 아무 정보가 없습니다."

"우승자가 누가 될지는 모르는 것이군. 혹 조근추는 언제 만나시오?"

"저와 조근추가 연승한다는 전제 조건이면 결승입니다."

"재밌게 돌아가는군. 마조대에서 얼마나 들었소?"

"대강 전부 들었습니다. 조근추가 죽고 나면 백도무림에서 저를 우승자로 만들 것이라고 했습니다만, 그러면 제가 황궁 제일미의 남편이 되는 것 아닙니까?"

"그렇소."

"하아……. 그렇게 시선이 집중된 자리에서 양쪽에 매달려 있으면 사지가 남아나지 않을 겁니다."

"그땐 과감히 포기하고 본 교로 돌아오시면 되오."

"하, 그렇습니까?"

"별로 안색이 좋지 않소만?"

"천마신교를 떠난 것이 팔 년 전. 제가 열다섯일 때입니다. 백도의 무공을 익힌 저를 천마신교에서 진정으로 받아주겠습니까? 그곳에 가서도 평생을 첩자처럼 지내야 할 것입니다."

피월려는 순간 그에게 연민을 느꼈다.

그의 나이는 스물셋. 지금까지 첩자 노릇을 잘해왔다고 하나 나이가 어린 것은 어쩔 수 없다.

한창 정체성이 흔들리는 시기에 마교에서 나와 구파일방에 들어갔고, 그 이후에 계속해서 이중생활을 하며 정신적인 수고가 많았을 것이다.

그러니 갑자기 첩자 생활을 청산하라는 소리를 듣고 마냥 기뻐할 수만은 없는 것이다.

팔 년간 무당파에서 지내면서 만들어진 인연을 모두 깨버리고 천마신교의 마인으로 살아갈 수 있을까?

피월려가 위로하듯 말했다.

"걱정하지 마시오. 나는 입교한 지 아직 일 년도 되지 않았소만 벌써 깊숙한 일에 관여하고 있소. 실력만 있다면 천마신교는 절대 그대를 배신하지 않을 것이오."

"……."

그사이 무대는 급변했다.

다섯 명의 무사 중 단 한 명만이 살아남아 춤을 추고 있었다.

다른 네 명의 무사는 모두 땅에 시체처럼 누워 있었고 살아남은 마지막 무사는 황제라도 된 듯 검을 이리저리 휘두르며 과시하고 있었다.

그러던 중 한쪽에서 온몸에 밧줄을 칭칭 동여맨 두 남자가 걸어 나왔다.

어둠 속에서 누군가 그것을 끌어당기자, 꽥꽥 신음 소리를 내면서 이리 엎어지고 저리 엎어지며 기어오듯 무대의 중앙에 도착했다.

두 남자는 사시나무처럼 몸을 오들거렸고, 공포에 질린 눈초리로 주변을 둘러보며 이빨을 달달 떨었다.

피월려가 무언가 이상하다는 생각을 하는 사이, 살아남은 무사가 그들 앞으로 와서 무릎을 꿇었다. 그러고는 칼을 허리춤에 다시 집어넣으며 정자세로 앉아 그 두 명을 뚫어지게 바라보았다.

"하잇!"

큰 기합 소리를 낸 그가 발검했다. 어찌나 빠르던지 그의 앞에 은색의 반달이 잠깐 나타났다 사라진 것처럼 보였다.

댕강.

그 은색반월은 두 남자의 목을 훑었다.

피월려는 그것을 보면서도 믿을 수 없었는지 살포시 벌린 입으로 작게 말했다.

"저것이 왜국의 발검술… 아니, 그보다……."

그는 낙성(落星)이란 말을 겨우 삼킬 수 있었다.

한 번의 발검으로 두 남자의 목이 몸에서 분리되어 땅으로 떨어졌다. 그리고 그 잘린 목 위로 피가 솟구치는데, 배 안에 울리는 웅장한 음악 소리와 함께 묘하게 어우러져 정신을 사로잡는 듯했다.

맥박으로 인해 조금의 간격을 두고 뿜어지는 핏줄기가 음악의 박자에 맞춰지니 그 또한 처음에 보았던 동(同)의 묘미가 극한으로 살아났다.

"너무 진짜 같아서 믿기 어려울 정도네요. 정말 대단해요."

진설린은 두 손을 가슴에 모으고 애처로운 표정을 지었다. 그녀의 눈동자에는 놀람이 가득했지만 그 속에는 공포가 없었다.

그녀는 진심으로 이것이 연기라고 믿는 듯했다. 피월려는 고개를 돌려 이운소를 보았는데, 이운소는 이미 그를 마주 보고 있었다.

"이 연극의 값어치가 왜 이리도 비싼지 이제 아시겠습니까?"

"……."

살인극(殺人劇).

실제로 사람을 죽이며 그것을 즐기는 가학적인 연극이다.

즐기다 즐기다 즐기다 못해 더 이상 느낄 수 있는 자극이 없어져 버린 인간들. 이것은 그들을 위한 것이다. 음악으로 감정을 고조시키고 살인을 눈앞에서 보여주며 극한의 예술로 승화시킨다.

이 세상에 존재하는 모든 종류의 쾌락에 질려 버린 자라고 할지라도, 이것에 자극을 느끼지 못할 인간은 없었다.

피월려는 천인공노할 행위에 얼굴을 찡그리면서 주변을 살펴보았다.

마을 하나를 사버릴 수 있을 만큼 값진 보석을 온몸에 두른 거부들의 얼굴에 떠오른 표정은 모두 하나였다.

인간이 극도의 쾌감을 느낄 때 나타나는 표정.

남자든 여인이든, 젊든 늙었든 그들은 이 순간만큼은 모두 같은 표정을 짓고 있었다.

피월려는 속이 울렁거리는 것 같았다. 시체가 산이 되고 피가 바다처럼 흐르던 곳에서도 느끼지 못한 역겨움이 여기서 느껴졌다.

이운소는 담담한 표정으로 말했다.

"황도에는 이런 곳이 많습니다. 그런 곳 모두를 책임지는 사람이 누군지 아십니까?"

황도에서 거부들의 쾌락을 책임지는 인물은 하나다.

"문 어르신……."

피월려와 진설린이 입구에서 지불한 구슬도 지부에서 받은 것이다.

이제 보니 돈을 주고 산 것이 아니라 지부에 있는 것을 지급한 것 같다. 피월려와 진설린이 그것을 요구했을 때, 그 말을 들은 하녀의 표정이 왜 그토록 이상했는지 이제야 이해할 수 있었다.

이운소가 말했다.

"세상은 참 묘하지 않습니까?"

"……."

"황궁제일미의 남편이 되면 첩자 생활을 그만두게 될 것입니다. 그러면 자동적으로 개봉지부의 소속이 됩니다. 그 이후에는 아마… 이런 꼴을 자주 보고 살 것 같습니다만."

"……."

"전 정의를 좇는 그런 사람은 아닙니다. 첩자 주제에 뭐가 정의고 뭐가 선이라 말하겠습니까? 다만 무엇이 역겨운 것이고 무엇이 역겹지 않은지는 압니다."

피월려는 그의 말을 이해했다.

인간은 이성으로 선악(善惡)을 구분하고 본능으로 미추(美醜)를 구분한다.

선악을 구분하기를 포기할 순 있지만 미추를 구분하기를 포기하기는 불가능하다.

"무슨 뜻인지 알겠소."

"이런 꼴을 볼 때마다 첩자질을 그만두고 장문인께 솔직히 고백하고 싶다는 생각도 했습니다. 지금까지 잘 참았습니다만 앞으로 얼마나 더 참을 수 있을지 모르겠습니다."

"……."

"천마신교에서 나를 배신하지 않는다고 했습니까? 그건 문제도 되지 않습니다. 문제는 제가 천마신교의 방식을 받아들일 수 있느냐 없느냐입니다. 선악을 판단하지 않아도 추한 것은 추한 것입니다."

"그런 건 무시하시오. 사람을 죽이는 것을 밥 먹듯이 하는 나나 이 소협이나 지금 이 상황을 비난할 자격이 없소. 즐기며 사람을 죽이느냐 살기 위해 사람을 죽이느냐 하는 데 논리적인 차이는 존재하지 않소."

"백도의 무공을 익혀보십시오, 그런 말이 나오나. 무당파의 내공은 그 정순함이 너무 강하여 사상과 본성에도 지대한 영향을 미칩니다. 백도의 인물이 살인의 정당성을 찾는 것은 어쩔 수 없는 겁니다."

"……."

"천마신교에 입교한 지 일 년도 채 되지 않았다고 했습니다, 맞습니까?"

"그렇소."

"지금까지 느낀 천마신교는 어떤 곳입니까? 좋은 곳입니까? 아니면 나쁜 곳입니까?"

피월려는 왠지 즉시 대답할 수 없었다.

"나도… 모르겠소."

"왜 천마신교에 계십니까?"

"살기 위함이오."

"그뿐입니까?"

"그뿐이오."

"그렇습니까?"

"……."

이운소는 불타는 눈빛으로 무대를 보고 있었다. 그 모습을 보고 있으니 피월려는 전에 그에게 연민을 느꼈다는 사실이 우습게 느껴졌다.

나이가 어린 동생처럼 느꼈었는데, 지금은 피월려 자신보다 더 큰 사람처럼 보인다.

피월려도 수십 번 사선을 뛰어넘어 이 자리까지 왔다. 첩자인 이운소는 얼마나 많은 사선을 뛰어넘었을까?

피월려는 눈을 감고 침묵했다.

"크악!"

"아─ 아악!"

"으아악!"

새로운 비명 소리가 들린다. 또 누군가의 목숨이 쾌락을 위해 사라지는 것이다.

이운소가 자리를 뜨는 소리가 들린다.

피월려는 작게 속삭였다.

"주 소저, 무대 위의 저자를 죽이시오. 되도록 화려하게."

주하는 즉시 그의 명을 받들었다.

파지지직!

정전기 소리를 수백 배 키워 놓은 듯한 굉음이 배 안에 울렸다. 사람들은 놀라서 소리의 근원을 찾았는데, 그 근원이 움직이는 속도가 너무나 빨라 눈으로 쫓을 수도 없었다.

"으, 으아아악!"

파지직!

전기를 담은 비도는 검을 휘두르던 무사의 갑옷을 뚫고 그 속에 박혀 들어갔다.

그리고 남자의 몸이 바로 노랗게 익기 시작했다. 머리카락이 하늘 높이 서고, 몸을 달달 떠는 것이 번개를 맞은 듯 보였다. 곧 남자의 눈깔이 뒤집히며 무대에 쓰러졌다.

정적이 흘렀다.

그리고 곧 모든 사람이 약속이라도 한 듯 소리를 지르기 시작했다.

누가 보아도 그것을 극의 일부라고 생각할 수 없었기 때문이다.

극을 시작한 이후부터 끊이지 않던 음악 소리가 사라진 것을 보아도 확실했다.

"으아아악!"

"나, 날 내보내 줘! 어서!"

"문! 문 열어!"

사람들은 입구를 향해 달려가기 시작했고, 피월려는 옆에 있던 진설린의 면사를 씌워주며 말했다.

"걱정하지 마시오. 별일 없을 것이오."

진설린의 표정은 담담했다.

"알아요. 연극이 싱겁게 끝나서 아쉽네요."

"……."

진설린은 피월려보다 먼저 자리에서 일어나서 입구를 향해 걸었다.

하나밖에 없는 입구라서 모든 사람이 빠져나가는 데는 꽤 오랜 시간이 걸렸다.

결국 피월려와 진설린도 배 밖으로 나오는 데 성공했고, 피월려는 진설린의 걸음을 재촉하며 천낙금원으로 향했다.

한참을 걷다가 피월려가 슬쩍 배를 돌아보았다.

아래서부터 올라온 화마(火魔)가 배를 완전히 집어삼키고 있었다.

그 주변은 불구경을 하는 사람 수백 명이 모여 인산인해를
이루고 있었다.

*   *   *

음양합일을 마치고 깊은 잠에 든 진설린을 보며 피월려는
내력을 운용했다.

진설린은 천음지체라는 특이한 체질 때문에 극양혈마공과
극음귀마공의 음양합일을 통해서 얻기만 할 뿐 잃는 것이 없
다.

하지만 피월려의 입장은 달랐다. 미내로의 가르침으로 마법
을 깨닫게 된 그녀의 몸은 본래 천음지체가 요구하는 양기보
다 더한 양기를 요구했고, 때문에 음양합일을 할 때마다 피월
려는 내력을 소비하게 되었다.

안정을 되찾는 대신 그만큼의 대가를 지불해야 하는 것이
다.

이는 극양혈마공과 극음귀마공의 이론과는 맞지 않는 부
분이었다.

극양혈마공과 극음귀마공의 본질은 서로를 보완하며 빠른
속도로 마기를 쌓는 데 있는데, 피월려의 내력은 증가하기는
커녕 오히려 빼앗겨 감소하고 있었다.

마단으로 이십 년, 그리고 은보에서 십 년의 내력을 공짜로 얻었지만 쉽게 얻은 내공인 만큼 쉽게 빠져나가는 성향이 있어 음양합일을 통해서 잃어버리는 내력의 양이 생각보다 많았다.

물론 극양혈마공은 가만히만 있어도 마기를 모으고 내력을 증진시키는 마공 중의 마공이다.

하지만 그것까지 친다고 해도 빼앗기는 것이 더 많았다. 이대로 일 년이 지나간다면 적어도 오 년 어치의 내공을 잃어버리는 수준까지 이를 것이다.

그렇다고 일주천을 통해 기본적으로 마기를 모으는 것보다 더욱 빠르게 마기를 모은다면 그만큼 더 불안정해지고 더 많은 음양합일을 해야 할 것이다. 그건 원점으로 돌아오는 것과 같았다.

만약 역화검이 있었다면.

"안정적일 테고, 그만큼 음양합일의 횟수도 적어질 텐데……."

피월려는 아쉽다는 듯이 독백했지만, 별다른 수를 생각해 낼 수 없었다.

사천당문을 봉문시킨 가도무가 들고 있던 역화검을 되찾을 방법도 전혀 없거니와, 되찾는다 하더라도 가도무의 마기에 혹사당한 역화검이 원래의 역화검과 같을 거란 보장도 없었다.

그리고 그렇다 해도, 역화검에 담긴 대장장이의 사념은 자기를 가도무의 손에 넘긴 피월려를 절대로 용서하지 않을 테니 전과 같은 조화를 이뤄줄 리가 만무했다.

아니, 애초에 부서지진 않았을까?

피월려는 침상 옆에 놓아둔 장대검을 들었다. 그 육중한 무게가 들리니 피월려가 앉아 있던 침상 부분이 움푹 들어가며 삐걱거리는 소리를 내었다.

피월려는 자리에서 일어나 섰다. 그리고 장대검을 쭉 뻗은 상태로 기를 운용하여 검신에 집어넣었다.

마기가 집약되면 집약될수록 장대검은 더욱더 내력을 흡수했다.

이상하게 마기를 잘 받아먹는 걸 보고 혹시나 하는 생각이 든 피월려는 극양혈마공을 끌어 올리면서까지 마기를 장대검에 주입했다.

그러자 우려하던 일이 벌어졌다.

장대검이 점차 떨리기 시작한 것이다.

작은 떨림이었지만 피월려는 그것조차도 통제하기 어려운 것을 느꼈다.

검을 잡은 양손부터 시작하여 팔, 그리고 결국 온몸이 떨리는 것처럼 느껴졌다.

이제 보니 통제가 가능하여 마기를 거부하지 않은 것이 아니라, 무게 자체가 무거우니 그만큼 흡수하는 내력의 총량이 많은 것뿐이다.

어검술 중 수어검을 이용하여 검에 손이 닿지 않은 상태에서 검을 다루거나, 아니면 오랫동안 검공을 익혀 그 검로의 힘을 빌리지 않는 한, 그가 이 장대검으로 검기를 내뿜는 것은 불가능한 일이다.

피월려는 서서히 검에서 마기를 빼어냈다. 천천히, 그리고 조심히 하는데, 아무리 마기를 뽑아내도 계속해서 그의 몸으로 흘러들어 왔다.

도대체 속에 담긴 마기가 얼마나 많았던지 스스로도 의문이 들 정도였다.

"후우……."

피월려는 깊은 숨을 내쉬며 검을 내려놓았다. 그 검은 함부로 다룰 수는 없지만 다루기만 한다면 철문이라도 부숴 버릴 수 있을 것 같았다.

무거운 검은 그만큼 그 속에 담을 수 있는 내력의 총량이 크다.

하지만 그만큼 느릴 수밖에 없다. 무거운 무기를 다루기 위해서 큰 힘이 필요하지만 그만큼 민첩하게 사용할 수 없는 것과 같은 이치였다.

용안심공으로 육참골단(肉斬骨斷)과 일격필살(一擊必殺)의 수법을 좋아하던 피월려에게 적합한 무기는 아니다.

역화검을 잃어버리고 다시금 검의 길을 개척해야 하는 만큼, 장대검으로 중검(重劍)의 묘리를 익히는 것도 좋을 것이다.

똑.

그때 누군가 방문을 두드렸다.

장대검에 집중하느라 기척을 느끼지 못했던 피월려는 의문이 들어 방문을 열었다.

그곳에는 나지오가 서 있었다.

"피 후배, 이 시간에도 수련하고 있었어?"

"나 형이 여긴 웬일이요? 그것도 이 시각에."

"급하게 전해야 할 일이 있어서."

"그렇소? 들어오시오."

"아니야, 진 소저도 자고 있는데 그냥 밖에서 말하지."

피월려는 들고 있던 장대검을 등에 메고는 방문 밖으로 나갔다.

나지오는 천천히 복도를 걷기 시작했고 피월려도 따라 걸었다.

그들이 도착한 곳은 지부에서 단체로 식사를 하는 곳이었는데 새벽이라 어두컴컴하고 아무도 없었다.

나지오는 자리에 앉더니 말을 시작했다.

"처음부터 이야기하자면 말이야⋯⋯."

그는 말끝을 흐렸는데, 피월려가 차분히 기다리자 결심했다는 듯이 말을 이었다.

"지부장님이 변고(變故)를 당했었어."

지부장이 아니라 지부장님이라면 서화능을 말하는 것이었다. 피월려는 뜻밖의 소식에 의아해하며 물었다.

"변고라면 어떤?"

"몰라, 자세한 건. 하여간 지부 내에는 지부장님이 외부에 나가 계신다고 알려져 있었잖아. 그건 거짓말이고, 사실은 변고를 당하셔서 자리를 비우시게 된 거야."

"그, 그런⋯ 그럼 얼마나 오래전에 변고를 당하신 거란 말이오?"

"적어도 한 달 전. 다시 말하지만 정확한 건 몰라."

"⋯⋯."

피월려는 전에 천서휘와 박소을이 나누던 대화가 생각이 났다.

그 와중에 천서휘가 흘린 눈물. 그 격한 감정이 어디서 비롯되었는지 지금에서야 알 것 같았다.

나지오가 말을 이었다.

"대주 이상만 알 수 있는 극비야. 그런데도 네게 알려준 이유는 그럴 만한 상황이 돼서 그래."

그 뜻은 지부장이 변고를 당했다는 것보다 더한 일이 있다는 뜻이다. 피월려는 머릿속을 빠르게 정리했다.

"무엇이오?"

"아마도 제오대는 지부로 돌아가 봐야 할 것 같아서. 오늘 당장."

피월려는 순간 말을 잇지 못했다.

입을 살포시 빌린 채, 미안해하는 나지오를 보며 그는 고개를 흔들었다.

"절대 아니되오. 그러면 황도에서의 임무를 모조리 포기하겠다는 것과 다름없소. 제오대가 가고 나면 나와 주소군, 그리고 혈적현밖에 남지 않게 되는데 이 정도의 무력으로 무엇을 하라는 것이오?"

"그게 말이지……. 아마 주소군도 나와 함께 갈 거 같아."

"무, 무슨……."

나지오는 진정하라는 듯이 손사래를 치고는 말을 이었다.

"내가 전에 첩자 얘기를 한 적 있지?"

"그렇소만."

"내가 의심하는 사람이 누군지 말은 안 해줬을 거야, 그렇지?"

"그렇소."

"지금 말할게. 내가 의심하던 첩자는 지화추 단장이야."

지화추는 피월려에게 몇 번이나 직접 정보를 제공했던 사람이다.

그는 낙양뿐만 아니라 하남성 전체에 뻗어 있는 마조대의 수장으로, 하남성에 존재하는 천마신교의 정보부 핵심 인물이다.

그가 첩자라면 이는 심각하기 짝이 없는 일이었다.

"지화추 단장? 마조대 낙양단장을 말이오? 그가 정말로 첩자라는 것이오?"

"확신은 없어. 그저 의심이지."

"……."

"그런데 그런 의심을 하는 와중에 며칠 전부터 낙양지부에서 소식이 완전히 끊겼어. 정확하게 말하면 만 이틀이지."

"설마?"

"지금 지부가 위험할 수 있어. 가뜩이나 지부장도 전투에 임하실 수 없지. 내가 제오대의 정예를 백 명 넘게 끌고 왔으니까, 만약 전투가 벌어진다면 진법의 유리함을 가지고도 힘들 거야. 지화추 단장이 정말로 첩자라면, 진법의 유리함도 얻을 수 없지. 오히려 역으로 당할 수도 있어."

"……."

"지부의 안전이 무엇보다도 먼저야."

"그보다 더한 증거가 있소? 지부가 안전하지 않다는?"

"없다. 그게 다야."

"그렇다면 너무 성급한 결정이 아니겠소?"

"그 정도의 위험 요소조차도 방비해야 할 정도로 낙양지부
는 중요해."

"이곳의 임무도 중요하오. 황궁에 우리가……."

나지오는 피월려의 말을 잘랐다.

"네가 세운 계획인 거 잘 알아. 그리고 이 임무에 내가 반
대하는 것도 아니야. 다만 좀 더 생각해 봐. 우리가 여기서 뭘
더 할 수 있지? 아무리 너와 내가 이런저런 일을 해봤자 개봉
지부장은 홀로 일을 진행시킬 생각이야. 타 지부에서 온 우리
가 개봉에서 설치는 것 자체가 싫은 거지."

"……."

"여긴 개봉이야. 우린 낙양지부 소속이고. 임무도 물론 중요
해. 하지만 낙양지부가 위험한데 우리가 타 지역의 임무까지
생각해 줘야 하냐고. 그것도 타 지역의 지부장이 우리를 배척
하는 지금과 같은 상황에서 말이야."

피월려는 화가 났지만 최대한 참으며 말했다.

"내 입장이 단순히 그뿐만이 아니라는 것을 잘 알지 않소?"

"알아. 여기서 낙양제일미가 잘못되면 너도 죽게 되지."

"……."

"그래서 너한테까지 낙양지부로 귀환하라는 명을 내리진
않기로 했어. 여기 남도록 해."

"이제 와서 린 매를 낙양지부로 다시 빼돌릴 수 없으니, 나 보고 그냥 남으라는 거 아니오?"

피월려의 비아냥거림에도 나지오의 표정은 달라지지 않았다.

"그래. 미안해. 하지만 어쩔 수 없어."

나지오의 명은 상명하복의 법칙에 따라 절대적이다. 다만 제일대의 모든 인원이 반대할 경우 뒤집을 수 있다는 조건이 있었는데, 주소군이 나지오의 명령에 반대할 것 같진 않았다.

즉, 지금 상황에서 피월려가 나지오의 명령을 번복할 수단이 없다는 것이다.

피월려는 한숨을 푹푹 쉬었다.

"적현은? 최소한 그는 있어야 하오."

"혈 단주는 남을 거야. 그 대신 다른 무영비주들은 모두 귀환이야. 무영비주의 무공은 하수를 상대하건 고수를 상대하건 살상력 자체가 좋으니 다수 대 다수가 될 가능성이 높은 상황에서 무조건적으로 필요해."

"……"

"다시 말하지만 미안해."

피월려는 고조된 감정을 진정시켰다. 그러자 나지오의 진심을 조금이나마 이해할 수 있었다.

"아니오. 나 형의 입장에서 어쩔 수 없다는 걸 잘 아오."

"이해해 줘서 고마워."

피월려와 혈적현.

그 둘의 공통점은 입교한 지 일 년도 채 안 된 지마급 고수라는 것이다.

논리가 이렇든 저렇든, 나지오가 그 둘을 여기에 남겨두는 이유는 판도를 바꿀 만한 실력이 있으면서 아직 천마신교에 대한 충성심이 보장되지 않았기 때문이다.

피월려는 솔직히 섭섭한 마음이 들었지만, 이러한 상황에도 감정에 휩쓸리지 않고 냉철한 판단을 내리는 나지오를 전과 다르게 생각하게 되었다.

수장으로서는 너무 가볍고 부드러운 면모를 보인 것이 아닌가 했었는데, 막상 일이 벌어지니 간결하고 깨끗한 판단력을 보인다.

화산파였을 시절부터 그를 따라온 매화마검수들이 왜 아직도 그에게 맹목적으로 충성하는지 잘 이해할 수 있었다.

피월려가 고개를 끄덕이며 말을 이으려고 하는 순간, 한쪽에서 횃불이 일렁이는 빛이 스며들면서 발소리가 들렸다. 피월려와 나지오가 그곳으로 고개를 돌리자, 그곳에는 성큼성큼 걷고 있는 개봉지부장과 그를 따르는 하녀가 보였다. 그의 표정은 잔뜩 화가 난 듯이 붉으락푸르락해져 있어 당장에라도 호통을 칠 것 같았다.

그는 실제로 호통을 치려 했다. 하지만 옆에 나지오가 있는 것을 보고 간신히 참아 넘기는 기색이었다.

"나 대주께서는 아직 여기에 계시오? 급한 일로 지부를 떠난다고 하지 않으셨소?"

나지오는 자리에서 일어나며 말했다.

"지금 갈 겁니다. 안내해 주신 뱃길로 나가면 되겠지요?"

낙양지부의 무사들이 개봉을 떠나는 것은 개봉지부장의 입장에서 두 팔을 들고 환영할 일이니, 개봉지부장은 떠나겠다는 나지오를 말리지 않았다. 오히려 황도를 빠져나가는 자세한 출로를 알려주었었다.

개봉지부장이 말했다.

"그렇소. 빨리 가야 할 것이오. 해가 밝으면 그 길은 무용지물이니."

"알겠습니다. 그럼 언제가 될 진 모르겠으나 그때 또 뵙겠습니다."

나지오는 포권을 취하고는 한곳으로 사라졌다. 그가 사라지는 것을 확인한 지부장은 가까스로 참은 화를 주먹을 쥐고 한 번에 쏟아내었다.

쿵!

기세는 좋았지만, 늙은 몸으로 낼 수 있는 힘은 한계가 있었다.

나무로 만들어진 상에는 흠집조차 나지 않았다.

"대체 무슨 일을 벌인 것이오!"

그의 외침에 피월려는 여유로운 미소를 지으며 말했다.

"무엇을 말입니까?"

"왜국의 배에 화제가 난 일을 모른다고는 하지 않을 것이오."

"아. 압니다만."

"첩자의 말에 의하면 그 일이 피 대원께서 명한 일이라는데 그것이 정녕 사실이오?"

"……."

그건 이운소가 한 일이다.

피월려는 그가 한 말이 생각이 났다.

'첩자 생활은 꽤 고달픕니다. 이런저런 것이 있지만 그중 가장 짜증 나는 건 임무가 두 배라는 것이겠죠.'

이운소는 무당파에서 내려진 지령에 따라서 왜국의 배를 불태워야만 했다.

하지만 그것은 개봉지부장인 문 어르신의 사업 중 하나이기 때문에 귀찮게 돼버린 것이다.

배를 태우지 않는다면 무당파에서 질책할 것이고.

배를 태운다면 천마신교에서 질책할 것이다.

그러니 피월려에게 떠넘긴 것이다. 그가 지시해서 불을 지핀 거라고 말이다.

피월려는 억울했지만 그 억울함을 삼켜야만 했다. 그가 그걸 뒤집어쓰는 것까지가 거래 사항.

말은 그렇게 하지 않았지만, 피월려는 이운소의 말이 귓가에 들리는 듯했다. 이것까지 도맡아줘야 이운소는 조근추를 암살할 것이다.

피월려가 말했다.

"예, 제가 명했습니다."

쿵!

개봉지부장은 한 번 더 상을 내려쳤다.

"왜국과의 거래에서 얼마나 많은 돈이 오가는지 아시오? 대체 무슨 일을 하신 것이오? 그로 인해서 생기는 손해가 얼마나 큰 줄 아시오? 현재 개봉에 들어오는 왜국의 배는 단 한 척도 빠짐없이 나와 거래를 하고 있는 실정이오. 그런데 지금 그들이 하나둘씩 다른 쪽과 거래를 트고 있소. 지금까지 단 한 번의 사고조차 용납하지 않았던 내 신용에 먹칠을 한 것이오! 세상에 무슨 이유에서 그런 허무맹랑한 짓거리를 한 것이오? 그거나 한번 말해보시오."

그가 한 일이 아니니 이유도 없었다. 피월려는 적당히 꾸며 댔다.

"왜인들이 무공 서적을 그 배에 모아두었더군요. 감히 섬오 랑캐가 중원의 것을 훔치려 하지 않습니까? 그래서 모조리 태 웠습니다만."

"하… 이거 원."

개봉지부장은 허리를 뒤로 젖히고 헛웃음만 흘렸다. 피월려 의 대답이 너무 기가 차서 말조차 나오지 않은 것이다.

한참을 그렇게 계속되던 그의 헛웃음은 짐차 혀를 차는 소 리로 바뀌어갔다.

"쯧쯧쯧. 좋소. 마음대로 하시오. 어차피 낙양지부의 인원 들도 모두 물러갔으니 더는 할 수 있는 일이 없을 터, 낙양제 일미와의 관계가 아니었다면 당장 내쳤을 것이나 내 포기하겠 소. 다만 한 가지 명심하시오."

개봉지부장은 코가 닿을 듯이 가까이 다가왔다. 그러고는 살기 어린 눈빛으로 노려보며 말을 이었다.

"이번 일은 결코 그냥 넘어가지 않을 것이오. 경고하는데, 더 이상 허튼짓거리를 했다간 생명을 장담할 수 없을 것이오."

피월려는 빙그레 웃었다.

"손실에 대해서는 사죄하는 바입니다."

피월려는 포권을 취했고, 개봉지부장은 고개를 돌려 버렸 다.

"하. 하. 하하하! 이런 애송이라니. 하하하!"

개봉지부장은 너털웃음을 지으며 몸을 돌려 걸어갔다.

그의 뒷모습을 보는 피월려의 표정이 얼음장처럼 서늘하게
변해갔다.

제오십이장(第五十二章)

"지부장이 많이 화났던데, 정말로 할 거냐?"

혈적현의 질문에 피월려가 어깨를 들썩였다.

"알 게 뭐야. 이젠 그냥 이판사판이지."

"허튼짓하면 생명을 상남할 수 없다면서?"

"이게 허튼짓인가? 엄연히 이유가 있고 목적이 있는 짓이
지."

"……."

혈적현은 혀를 내둘렀다. 그가 모든 일을 꾸미기는 했지만,
아직도 그는 피월려의 의견에 완전히 동의한 것이 아니기 때

문이다.

그가 피월려에게 말했다.

"지금이라도 바꿀 수 있어. 그냥 아무 마인이나 주면 그만이니."

"아니, 나를 지정할걸?"

"황녀가? 왜?"

"나랑 한번 만났거든."

"홍교 위에서의 일을 말하는 건가?"

"어."

"그것 때문에 너를 지정할 거라고?"

"어."

"기막힌 자신감이군. 무공이라면 모를까, 여자에 있어서 그 자신감은 뭐야? 낙양제일미와 같이 지내다 보니, 정말로 제일미들이 다 너에게 관심 있어 할 거라는 망상을 한 거야?"

피월려는 빙그레 웃으며 대답했다.

"봐봐. 이제."

"흥."

혈적현은 의자를 비스듬히 꺾으면서 다리를 돌상 위에 놓고는 팔짱을 끼었다. 피월려는 기세등등한 표정을 지어 보였다.

둘은 조금 더 기다렸고, 곧 계단을 내려오는 발소리를 들었다.

그들이 있는 공간은 정사각형의 돌상이 중앙에 놓인 매우 작은 방으로, 다섯 사람이 채 둘러앉을 수 없는 크기였다. 게다가 지면으로부터 다섯 장이나 깊은 지하에 지어져 있어 벽이 온통 돌로 되어 있었고, 문도 없어서 작은 숨소리조차 울릴 정도였다. 발소리가 들린 지 한참이 지나서야 입구에 사람이 나타났다.

평범한 흑색 장삼을 입은 사내는 매우 청결했다. 깔끔한 얼굴에 뽀얀 피부색, 그리고 색이 진한 머리카락을 보면 어느 대궐의 공자님처럼 보였다.

하지만 자세히 보면 이상한 것이, 남자라면 당연히 있어야 할 수염도, 목젖도 없었다.

그 남자 뒤로 역시 흑색 무복을 입은 사내가 따라왔는데, 허리춤에 장검 하나를 차고 있었다.

언제든지 출수할 수 있는 살상용으로, 군부의 인물임에 틀림없었다.

귀태가 흐르던 사내가 코를 찡긋하며 입을 열었다.

"지하라 그런지 습기가 심하군요. 반갑습니다. 마인들을 대표하여 나오셨습니까?"

남자의 목소리라고 하기에는 너무나 가늘었다. 목소리를 듣고 피월려는 그가 환관임을 바로 확신할 수 있었다.

혈적현은 자리에서 일어나 몸을 정돈하고는 포권을 취했다.

"호마궁의 무명(無名)입니다."

환관은 손으로 입을 가렸다.

"쿄쿄쿄. 이름이 없을 리가 없지요."

"……."

"하기야, 상관없습니다. 그럼 무명 씨, 증표를 보여주시기 바랍니다."

혈적현은 품속에서 옥으로 만들어진 패의 반쪽을 꺼내 보였다.

이는 마조대에서 받은 것으로, 이번 일을 맡아준 마조대원이 약속의 증표라며 그에게 준 것이었다.

환관은 눈짓으로 신호했고 그의 옆에 있던 무인이 그 옥패를 받았다.

그리고 본인의 품속에서 옥패의 다른 반쪽을 꺼내 맞춰보았다.

정확하게 들어가는 것을 환관에게 확인시켜 준 무인은 뒤로 한 발자국 물러났다.

환관이 말했다.

"이것으로 됐군요. 그러면 그쪽에서 말씀하신 자가 바로 혹시……."

환관이 피월려를 보며 말하자 혈적현이 말을 받았다.

"예. 바로 이자입니다. 호마궁의 마인 중에서 가장 혈기가 왕성하고 정력에 있어 타의 추종을 불허합니다."

"쿄쿄쿄. 그렇습니까? 쿄쿄쿄."

환관은 간드러지게 웃으면서 피월려의 남근이 있는 쪽을 뚫어지게 보았다.

피월려는 온몸에 뱀이 칭칭 감기는 듯한 기분이 들어 자기도 모르게 몸을 부르르 떨었다.

혈적현이 말했다.

"또한 마공 중에서 양기를 비약적으로 상승시키는 양공을 익혔기 때문에, 열 여인과 합방을 하더라도 지치지 않습니다. 무공을 익히지 않은 범인과는 비교조차 할 수 없으니 아마 황궁의 여인께서도 지금까지 맛보지 못한 천상의 쾌락을 느끼실 수 있을 겁니다."

"물론 그럴 거라고 생각합니다. 그것이 다만……."

안타깝다는 표정을 지어 보이며 있지도 않은 턱수염을 만지작거리는 환관은 무언가 언짢아 보였다.

"왜 그러십니까, 대인?"

환관은 혈적현을 보더니, 헛웃음을 연발했다.

"크흠, 크흠……."

"말씀하시지요?"

"다름이 아니라, 이제 와서 말하는 것이 실례가 될 줄은 압니다만……. 그, 황궁의 여인께서 말입니다……. 특정한 마인을 원하시는 것 같아서 말입니다."

"예?"

"아… 그, 호마궁에 혹 피월려라는 마인께서 있으십니까?"

"……."

혈적현은 입을 살짝 벌리고 피월려를 돌아보았다. 피월려는
득의양양한 미소를 지어 보이며 턱짓했다.

환관이 말을 이었다.

"그자를 꼭 보고 싶다고 하십니다만… 그게 영……."

피월려는 포권을 취했다.

"제 이름이 피월려입니다. 저를 특별히 찾으신다고 하셨습
니까?"

환관의 눈이 동그랗게 변했다.

"저, 정말입니까? 이름이 피월려십니까?"

피월려가 공손히 머리를 조아렸다.

"예, 대인."

환관은 환한 얼굴로 양손을 펴고는 가슴팍 언저리에서 빠
르게 박수를 쳤다.

"아! 이런! 이런 기막힌 우연히 있나! 역시! 아! 쿄쿄쿄. 역
시!"

감탄사를 여러 번 남발하는 환관을 보며 혈적현이 말했다.

"황궁의 여인께서 안목이 보통이 아니신가 봅니다. 마인 중

에서도 가장 정력이 좋은 이자를 단번에 알다니요."

환관이 갑자기 몸을 빙글 돌리면서 혈적현의 양어깨를 탁 붙잡았다.

"과연! 대단하십니다! 정말 잘되었습니다. 잘되었습니다."

"……."

너무나 좋아했다. 혈적현이 떨떠름해했지만, 환관은 그의 어깨를 놔줄 생각이 없는 듯했다.

그는 한숨을 툭 쉬더니 갑자기 하소연을 시작했다.

"마인이라는 것과 피월려라는 이름 석 자만 주더니 저보고 찾으라고 하지 않습니까? 중원에서 가장 큰 도시인 개봉에서, 어떻게 그 정도 정보로 사람을 찾을지 고민이 너무 많았는데 이렇게 해결될 줄은 꿈에도 몰랐습니다. 마마께서는 원하시는 남자가 있으면 그 남자를 품에 안기 전까지 저를 그렇게 달달 볶습니다. 얼마나 제가 고생을 하는지, 원……. 한 번은 마차 안에서 스치듯 본 남자를 손가락으로 찍더니 그날 밤까지 데려오라 하지 않습니까? 제가 아무리 남자 찾는 데 재주가 있다고 하지만, 그건 너무하지 않습니까? 하여간 잘되었습니다. 쿄쿄쿄. 정말 잘되었습니다."

갑자기 소나기처럼 쏟아지는 수다에 혈적현은 어색한 표정을 지으며 피월려를 슬며시 보았다.

혈적현이 말했다.

"아닙니다, 대인. 황궁의 여인께서 직접 고른 사람이라니 저희도 다행입니다. 일이 잘 진행되고 있어 기쁩니다."

"쿄쿄쿄. 그렇습니다. 그럼 당장 가기로 합시다. 마마께서는 참을성이 별로 없으시기 때문에 서둘러 가는 것이 좋을 것입니다. 그런데 그 전에……."

그 환관은 소매를 뒤적거려 보석함처럼 생긴 상자를 꺼냈다.

패물을 넣어도 부족하지 않을 만큼 고풍스러운 것이었는데, 그것을 열자 상쾌한 향기가 방 안에 가득 찼다.

상자 안에 담긴 것은 초록색과 노란색이 뒤엉킨 듯한 구슬 모양의 단환이었다.

피월려는 그것을 보며 물었다.

"무엇입니까?"

환관이 설명했다.

"아, 아. 별건 아니고. 다만 남성의 기운을 돋우는 단환입니다. 마마를 만나기 전에 먹으면 너무 늦으니 지금 먹는 것이 좋을 것입니다."

피월려의 몸은 안 그래도 양기로 넘쳐난다. 피월려의 표정이 어두워졌다.

"꼭 먹어야 합니까? 전 양기가 부족해 본 적이 없습니다."

환관은 실실 웃으며 피월려의 팔뚝을 툭 하고 쳤다.

"에이, 그거야 지금까지 마마님을 만나보지 못했기 때문에 그리 말하는 것이죠. 저희 마마님을 다른 여자와 같게 생각하여선 안 됩니다. 저번에 이 내단을 먹지 않고 마마님과 동침한 남자 중에는 양기를 너무 빼앗겨 남성을 영원히 상실한 자도 있습니다. 만약 그런 일이 일어나기를 원치 않으신다면 잡수시는 게 건강상으로도 이로울 것입니다."

"……"

"황궁에서도 특별히 마마님만을 위해 제조할 정도로 매우 값비싼 것입니다. 무림의 고수들이 먹는 단환만큼이나 말입니다."

이렇게 청하는데 먹지 않을 수 없었다. 혈적현도 피월려의 어깨를 툭툭 치며 신호했다.

피월려는 마음이 내키지 않으면서도 하는 수 없이 받아먹었다.

향기가 목구멍을 타고 위장에 도착하자, 즉시 증발하듯 사라졌다.

그리고 맑은 기운이 온몸에 즉각 퍼지기 시작했다.

이 세상의 어느 기운과 어울려도 전혀 문제가 될 수 없을 정도로 맑은 기운.

그것은 피월려의 몸속에 내재된 마기와도 조화를 이룰 정도로 청량했다. 그리고 그 속에 담긴 강력한 양기가 극양혈마공에 의해서 흡수되기 시작했다.

"큽."

피월려는 순간 입을 틀어막으며 비틀거렸다. 급격하게 빨라진 심장 박동 때문에 눈앞이 하얗게 변하는 현기증을 느꼈기 때문이었다.

눈빛이 점차 마기로 물들기 시작했고, 정신도 폭주하기 일보직전이었다.

"괜찮습니까? 쿄쿄쿄. 갑자기 기운이 돋지 않습니까?"

피월려는 용안심공을 극도로 펼치며 겨우 정신 줄을 붙잡았다.

"그, 그렇습니다, 대인. 갑자기 피가 거꾸로 솟는 기분이군요."

"쿄쿄쿄. 약효가 더 올라오기 전에 어서 갑시다."

여기서 더 올라온다고?

피월려는 이를 악물고는 간신히 고개를 끄덕였다.

그다음부터 그는 아무것도 기억할 수 없었다.

오로지 몸 안에서 폭발하려는 양기를 진정시키는 데 집중했을 뿐이다. 환관이 그를 여기저기로 안내했는데, 피월려는 무의식적으로 따라 움직였다. 마치 술에 취해서 움직이는 것 같았다.

일다경?

일각?

반 시진?

얼마나 지났을까?

정신을 차리고 보니 그는 어느 거대한 방 안에 홀로 있었다.

정중앙에 위치한 넓은 침상에 걸터앉아 있었는데, 엉덩이의 반이 움푹 들어갈 정도로 푹신한 침상이었다.

귀하디귀한 오리 깃털로 안을 가득 채운 것인데, 그것만으로도 이 침상의 가격을 감히 짐작도 할 수 없었다. 뿐만 아니라 그 위를 덮은 천은 살에 닿았다는 것을 느낄 수 없을 정도로 부드러웠다.

피월려는 세상이 이런 천이 존재한다는 것을 오늘 처음 알게 되었다.

"크윽!"

갑자기 또 양기가 치솟았다.

간신히 붙잡아놨는데 다시금 그의 기혈이 말썽을 부리기 시작한 것이다.

이미 포화 상태를 초과한 지 오래, 억압된 그의 양기는 그의 몸을 찢고서라도 빠져나갈 것 같았다.

피월려는 가부좌를 틀었다. 안전한 곳이 아닌 곳에서 일주천을 하는 것은 극도로 위험하지만, 그에게는 선택의 여지가 없었다.

이대로 양기가 터져 죽나, 누군가 그를 공격하여 죽나 똑같기 때문이다.

그는 혹시나 주하가 이곳에 있는지 걱정이 되었다.

경계가 삼엄한 황궁이니 잠입하기란 쉽지 않았을 것이다. 따라서 오는 도중 더 이상 쫓지 못하고 포기했을 가능성도 있다.

그랬다면 물론 그 자리에서 보고를 했겠지만, 피월려의 상태가 매우 좋지 못해서 듣지 못했을 수도 있다.

그는 주하를 불러볼까 생각도 했지만, 그의 몸 상태는 입을 열어 말을 하는 것조차 위험할 정도로 악화되어 있었다. 온몸의 구멍이란 구멍은 모두 차단하며 조금의 기운도 밖으로 빠져나가는 것을 막고 있는데, 만약 입을 열었다가는 갇힌 양기가 입 쪽으로 몰리면서 괴사할 수도 있다.

더 이상 생각하는 것조차 힘들었다. 그는 내부에 집중하면서 몸속에 갇힌 양기의 흐름을 용안심공의 도움을 받아 파악하고 의식을 천천히 깊이 내렸다. 그러자 곧 그의 오감이 완전히 안으로 뒤집히면서 밖과 단절되었다. 그는 그의 주변에 있는 어떠한 것도 느끼지 못했고, 오로지 몸 안의 일만 알 수 있었다.

그는 일단 단전에 가보았다.

단전은 시뻘겋게 불타오르는 화산과도 같이 당장에라도 터져 버릴 것 같았다.

속의 용암이 넘치다 못해 산을 들썩이고 그 꼭대기에서 조금씩 흘러나오는 것처럼 그의 단전 속에 갇힌 양기가 단전의 벽을 때리면서 어떻게든 빠져나가려 안간힘을 쓰고 있었다.

이는 이상하다.

피월려가 익힌 극양혈마공은 태극음양마공에서 파생된 것으로, 무단전의 내공이다. 다시 말하면, 기운을 단전에 모아두는 것이 아니라 온몸에 골고루 쌓는 내공이라는 뜻이다. 그런데 그의 단전에 기운이 이상하게 치중되어 모여 있다.

피월려는 그 양기가 원래 가지고 있던 것이 아니라 단환으로부터 비롯된 것임을 깨달았다. 그의 양기는 육신 속에 녹아 있는데, 단전에 있는 양기는 덩어리로 집약되어 있는 것만 봐도 알 수 있었다.

그런데 왜 하필 단전에 자리 잡고 있을까?

이는 단환 자체에 기운을 단전으로 이끄는 속성이 있었다고 보아야 한다. 내공의 도움 없이 그런 속성이 있다면, 그 단환은 최고급 중에서도 최고급으로 취급해도 문제가 없는 수준의 것이다.

또한 피월려는 지금까지 몸에 양기가 넘쳐서 위험하면, 마치 쓰레기를 한곳에 모아두듯 단전에 모아두었다. 그런 버룻이 몸에 배어서 자연적으로 이뤄진 점도 있었다.

하지만 무단전의 내공인 극양혈마공은 특별히 단전을 강화하지 않는다. 조금이라도 자극을 줄 경우에는 사방으로 터져버릴 수 있는 위험성이 있었고, 그렇게 되면 즉사를 면할 수 없었다.

그는 우선 화산을 놔두었다. 잘못 건드려서 죽나, 견디지 못하고 터져서 죽나 똑같으니 일단 다른 것에 신경을 쓰기로 한 것이다.

그는 먼저 화산에서 흘러나오는 용암을 처리할 만한 길을 우선적으로 만들었다.

그의 내력은 어떤 내공에 의해서 인공적으로 만든 기혈을 타고 흐르지 않는다.

정신을 집중하여, 그 집중한 데로 기가 흐를 뿐이다. 단전에서 끌어다 쓰는 것이 아니라 온몸에서 짜내는 것이니 말이다. 다른 이들의 내력이 액체라면 그의 내력은 기체인 것이다. 따라서 길을 만드는 일이 여간 쉽지 않았다.

기체를 운반해 왔던 기혈에게 갑자기 고체를 운반하라는 꼴이니 말이다.

결국 그는 포기했다.

인위적으로 만들어진 기혈이 있다면 그 통로를 통해서 완전히 희석될 때까지 양기 덩어리를 돌리면 되지만, 그의 기혈로는 도저히 불가능했기 때문이다.

그는 대신 소화 기관에 집중했다.

몸에 있는 공간이라고는 소화 기관 안이 전부였기에, 양기 덩어리를 다시금 원래대로 돌리려는 것이었다.

최고급 단환인 만큼 소화가 너무 빨라 갑자기 흡수하게 되었지만, 다시 위장으로 돌려보내서 조금씩 양기를 흡수할 생각이었다.

고통은 상상을 초월했다.

피가 거꾸로 도는 역혈지체가 아니었다면 이미 죽었을지도 모를 일이다.

용안심공을 바닥까지 긁어모아도 정신을 뒤흔드는 이 고통에는 감히 대항조차 할 수 없었다.

가뜩이나 오감이 내부 사정에 민감한 상태인데 장기까지 뒤집히고 있으니 차라리 죽는 게 어떨까 하는 생각까지 들었다.

그렇다고 정신을 놔버릴 수도 없었다. 지금 정신을 놨다가는 양기 덩어리가 터져 죽고 말 것이기 때문이다.

고문 중의 고문이 따로 없었다.

불교에서 말하는 영혼이 찢기는 기분이 이런 것일까?

그나마 용안심공이 있었기에 피월려는 자신을 잃어버리지 않을 수 있었다.

다행히 그런 노력이 양기 덩어리를 점차 원래대로 되돌렸다.

그것이 소화되기 이전의 모습을 점차 되찾아가고 있었던 것이다.

그 와중에 피월려의 모든 장기에는 엄청난 과부화가 걸려 기능을 상실하기 시작했다.

처음은 당연히 위장이었고, 그 뒤로 간도 췌장도, 신장도 손을 놔버렸다. 놔버리지 않는다면 영구적인 손상을 입었을 것이다.

그나마 끝까지 재기능을 한 것은 그의 심장과 뇌뿐이었다. 폐조차도 기능을 잃어서 피월려의 몸은 피부로 간신히 호흡하고 있는 지경이었다.

결국 단환은 그의 위장에서 원래의 모습을 되찾았다.

소화 기능을 잃어버린 위장은 주머니 역할밖에 하지 못했고, 때문에 단환도 본 모습을 유지한 채 그대로 있게 되었다.

피월려는 황급히 극양혈마공을 일으켰다.

양기 덩어리가 해결되었으니, 서둘러 그의 몸을 복구해야 했기 때문이다.

극양혈마공은 양기의 마공. 때문에 그의 몸은 순식간에 극양혈마공에 의해서 치유되기 시작했다.

극양혈마공이 가지고 있는 몇 안 되는 이점인데, 그마저도 수명을 깎아먹는 조건이 있었다. 이는 극양혈마공이 특별해서라기보다, 몸의 활동을 돕고 회복을 촉진하는 양기의 마공이기 때문에 그런 것뿐이었다.

그러자 또다시 문제가 발생했다.

다른 장기들과 함께 그의 위장이 소화 기능을 회복하기 시작한 것이다.

이는 겨우 단환을 되돌렸던 양기 덩어리를 다시금 흡수할 거란 이야기다.

그렇다고 토해낼 수도 없었다. 단환은 원래의 모습을 되찾았을 뿐 위장의 조직에서부터 생성된 것이기 때문에 위장에 완전히 붙어 있었다. 칼로 도려내지 않는 한 몸에서 떼어놓을 수 없었다.

하지만 한시름 놓았다.

위장이 가장 기능을 먼저 잃어버린 만큼 기능을 되찾는 것도 가장 나중일 것이다.

피월려는 막 기능을 회복한 폐를 움직여 신선한 공기를 마음껏 빨아들였다.

"하아… 하아……."

폐에 들어온 공기는 곧 만기(萬氣)되었고 극양혈마공을 더욱 활성화시켰다.

감각을 되찾은 오감을 느낀 피월려는 파르르 떨리는 눈꺼

풀을 겨우 열어 앞을 보았다.

그의 눈앞에는 황궁제일미가 그를 말똥말똥한 눈으로 바라보고 있었다.

칠흑 같은 어둠.

세상의 더러운 것은 모두 그 눈동자 안에 모여 있다.

그 더러운 것들이 섞이고 섞여 진한 흑색이 되었다.

그래서 그 흑색은 오히려 무엇보다도 깨끗한 듯 보인다.

피월려는 순간 찬물을 뒤집어쓴 것 같은 기분이 들었다. 그의 몸속에서 요동치던 극양혈마공이 갑자기 꼬리를 말고 자취를 감춘 것이다.

그의 위장 속에서 존재감을 내뿜던 양기 덩어리도 순간 느껴지지 않았다.

황궁제일미가 손을 뻗어 피월려의 머리카락을 만졌다.

눈보다 흰 그 머리카락은 너무나 가늘어서, 황궁제일미의 손가락 사이로 모래처럼 빠져나갔다.

황궁제일미가 말했다.

"아름답다. 머리가 온통 희구나."

"……"

"피월려가 맞느냐?"

"맞습니다."

피월려의 목소리는 깊게 잠겨 있었다. 황궁제일미는 피월려와 눈동자를 맞추며 말했다.

"그래, 본녀는 네 눈동자를 기억한다."

피월려가 물었다.

"마마께서 황궁제일미가 되십니까?"

황궁제일미가 대답했다.

"지금부터는 이명이라 불러라. 명이다."

"존명."

피월려는 버릇대로 포권을 취했다. 그의 열 손가락에는 손가락 한 마디 정도나 되는 긴 손톱이 나 있었다. 쭈글쭈글한 것이 당장에라도 바스라질 것 같았다.

＊　　　　＊　　　　＊

극양과 극음은 서로를 탐닉했다.

단순한 조화를 넘어 서로의 생존을 위함이니, 그보다 더한 격함이 없었다.

이명 공주는 피월려의 극양혈마공을 통해서 지금까지 느껴 보지 못한 만족감을 느꼈다.

평생을 양기의 갈망 속에서 반쯤 미쳐 산 그녀는 정신이나 몸 상태 모두 피폐하기 짝이 없었다.

다른 공주들은 고귀한 삶 속에서 고풍스러운 취미 생활이

나 즐기고 있을 때, 그녀는 고통과 갈증에 몸부림치며 하루하루를 보내야 했다.

그녀 주변의 모든 여자는 그녀를 더러운 창녀 취급했고, 그녀 주변의 모든 남자들은 그녀를 성적 도구로밖에 보지 않았다.

나이가 차면 찰수록 그녀 속의 양기를 향한 갈망도 같이 차올랐다.

본래대로라면 오래전에 수명이 다했겠지만, 황궁의 명의들은 중원에서 제일가는 의술로 그녀의 생명을 연장시켰다. 하지만 음양의 조화 자체는 의술로 해결할 수 없었다.

생명을 해치지 않는 선에서 양기가 집약된 내단을 수없이 먹었지만, 그것만으로 그녀의 음기를 감당할 수는 없었다. 천음지체의 음기를 약으로 조절한다는 것은 가당치도 않는 소리였다.

언제부터였을까?

남자가 없는 생활을 할 수 없었던 것이. 그녀는 자신의 몸을 저주했다.

그럴수록 그녀의 정신은 더욱 피폐해져만 갔다. 동시에 그것은 다른 욕구에까지 영향을 미쳤다.

언제나 배고프다. 언제나 졸리다. 그리고 언제나…….

정신을 차리고 보면 언제나 그녀 주변에 두세 명의 사내가 코를 골며 자고 있었다.

그녀의 몸과 침상을 더럽힌 타액을 보며 그녀는 역겨움에 치를 떨었다.

하지만 곧 성욕은 그녀를 바꾸었다.

그 역겨움에 면역이 되어버렸다.

그리고 그것은 쾌락으로 변했다.

이제 그녀는 구분할 수가 없었다.

남자를 원하는 것이 그녀 자신인지, 아니면 그녀의 저주스러운 몸뚱이인지. 아니, 구분하는 것을 포기했다.

머리만 아프고 답은 나오지 않기 때문이다.

그냥 받아들이고 이대로 살다 죽으면 그만이다.

어차피 오래 살지도 못할 것이니.

그녀는 주섬주섬 옷을 입었다. 그리고 큰 소리로 외쳤다.

"여봐라! 다과를 가져오너라!"

그녀의 소리가 동궁을 울리자, 한쪽에서 앞을 면사로 가린 시비가 차와 다과가 담긴 작은 상을 들고 왔다. 재빠르게 그녀 앞에 상을 내려놓더니 그대로 뒷걸음질을 치며 방에서 사라졌다.

그녀는 다과상 위에 놓인 약과를 먹으며 차를 벌컥벌컥 마셨다.

그러나 그녀의 갈증을 모두 해소하긴 너무 부족했다. 그녀가 땀과 타액으로 쏟아낸 물은 그 작은 찻잔으로 다시 채우려면 열 번을 담아도 모자랄 것이다.

시녀는 그렇게 몇 번을 왔다 갔다 했다.

그때마다 이명 공주는 생수를 마시듯 차를 벌컥벌컥 마셨다.

황궁에서 다도를 가르치는 서생들이 보면 혀를 차도 몇 번을 찼을 것이다.

목을 어느 정도 축이자 그녀는 약과를 집어 들었다. 그리고 씹는데, 그 모습이 어딘가 모르게 언짢아 보였다. 그녀는 화가 나지만 왜 화가 나는지도 모르고, 정말로 화가 난 건지조차 혼란스러운 그런 감정을 느끼고 있었다.

그러다 그녀는 괘씸하다는 생각에 이르렀다. 그녀는 고개를 홱 돌려 뒤에 있는 피월려를 보았다. 피월려는 가부좌를 틀고 조용히 눈을 감고 있었는데, 뭐라 말을 걸 수 없는 분위기를 자아내고 있었다.

이명 공주의 입술이 몇 번이나 달싹였지만, 그녀는 결국 말을 꺼내지 못했다.

육안으로 봐도, 양기가 가득한 남자다.

근골의 상태와 숨소리만 들어도 천음지체인 그녀는 알 수 있었다. 그런데 그런 남자를 보면서 정신이 성욕으로 물들기

는커녕 맑게 유지되고 있으니 그녀는 그 상태 자체가 너무 어색했다.

양기가 가득한 남자를 보며 그냥 사람으로 봤던 기억은 까마득하다.

언제나 사고를 대신하던 성욕이 없으니, 도대체 어떻게 말을 걸어야 할지 혼란스럽기만 했다.

맑은 정신 상태로 남자와 대화한 경험이 없으니 어찌 보면 당연하다.

이명 공주는 결국 다과로 다시 손을 뻗었다.

몸을 섞고 나면 항상 배가 고파 다과를 먹는데 지금은 이상하게도 배가 고프지 않았다. 그녀의 손을 움직인 것은 버릇이었지 허기가 아니었다. 그리고 그 자체가 그녀에게는 너무나도 낯설었다.

그녀는 반쯤 베어 먹은 약과를 내려놓았다. 다과가 오히려 기분 좋은 포만감을 방해했기 때문이다. 그녀는 그녀의 배를 내려다보며 문질렀다.

이상하다.

"후우……."

피월려의 깊은 숨소리가 동궁에 가득 찼다. 소리를 들은 이명 공주는 슬며시 그를 보았는데, 그가 갑자기 눈을 번쩍하고 뜨자 순간 가슴이 철렁함을 느꼈다.

진한 마기가 흘러나오는 피월려의 눈빛을 보고도 범인인 이명 공주가 놀라는 것으로 끝난 건, 그녀의 육신에 피월려의 양기가 돌고 있었기 때문이다. 만약 그녀의 몸에 피월려의 양기가 없었다면, 아마 감당할 수 없는 공포로 인해 정신을 잃어버렸을 것이다.

피월려는 손을 들어 자기의 얼굴을 만져보았다. 매끌매끌한 것이 오랫동안 목욕을 한 것과 같았다. 그는 기쁜 마음에 머리카락을 잡아 눈으로 보았는데, 바람과는 다르게 머리카락은 여전히 흰색이었다.

순간 어두워진 피월려의 표정을 보며 이명 공주가 말했다.

"육신의 상태는 양호하느냐?"

피월려는 주먹을 몇 번 쥐었다가 폈다. 그의 주먹에 마기가 일렁이며 꽃처럼 피어올랐다 사라졌다.

"그렇습니다. 이명 공주께서는 어떠십니까?"

"본녀는 이번 일로 대단히 만족했다."

"다행입니다."

"처음이다. 이런 만족감은. 편안함을 잃어버린 지 오래, 다시는 얻을 수 없다고 생각했다."

"공주님께 봉사하게 되어서 소인도 영광입니다."

"이름이 피월려라 했느냐?"

"그렇습니다."

"마인(魔人)이라지? 역시 겉모습은 인간의 것이나, 네 속의 기운은 사람의 것이 아니다. 다른 마인도 그런가?"

"제 속의 기운이라 하심은 무엇을 말씀하시는 겁니까? 내공입니까? 내공이라면 마인뿐만 아니라 무림인 누구라도 가지고 있습니다."

"흥. 본녀가 내공을 모를까? 내공을 가진 남자는 황궁에도 많으니라. 본녀가 말하는 것은 다른 것이다."

"다른 것이라 하심은……."

"설명하기 어렵구나. 양기임은 맞는데, 본녀의 음기와 조화를 이룰 정도로 강력한 것이다."

"그건……."

"무엇인지 알았구나?"

"예."

"그건 마인에게만 있는 것이냐?"

피월려는 살짝 고민했지만, 사실을 말하기로 했다.

"아닙니다."

"그러면?"

"마인 중에서도 특별한 마공을 익힌 마인만 가능한 것입니다."

"그 특별한 마공의 이름이 무엇이냐?"

"극양혈마공입니다."

"극양혈마공? 오호라. 이름부터 극양을 가지니, 네 말이 참 이로구나."

"……"

"소속이 어디라 했느냐?"

"호마궁입니다만."

"좋다. 그러면 내가 직접 호마궁과 이야기를 해야겠다."

피월려는 그녀가 무엇을 원하는지 알 것 같았다.

극양혈마공을 익힌 마인을 지속적으로 공급받으려는 것이다.

피월려는 고개를 조아리며 공손히 말했다.

"혹 이명 공주께서는 극양혈마공을 익힌 마인을 원하시는 것입니까?"

"그러하다."

"그것은 아마 불가할 듯합니다."

"왜?"

"마마께서도 아시다시피……"

그녀는 팔을 휘둘렀다. 피월려는 그 팔이 날아오는 것을 확실히 보았지만, 피하지 않았다.

찰싹!

내력으로 뺨을 보호한 덕에 피월려는 그리 큰 고통을 느끼지 않았으나, 괴로운 듯 얼굴을 찡그렸다.

"내 이름으로 부르라 명했다."

"죄송합니다, 이명 공주님."

"공주도 빼라."

"하면……."

"존대도 빼라."

"……."

"어서."

"알았소, 이명."

피월려는 이명 공주의 왼쪽 손끝이 순간적으로 파르르 떨린 것을 보며 헛웃음을 속으로 겨우 삼켰다.

음양합일을 하는 와중에, 그의 가슴과 등을 얼마나 세게 때리는지, 음양합일에 방해가 될 정도였다. 게다가 극존칭을 하라 했다가 반말을 하라 했다가, 수시로 바뀌는 주문도 여러 가지로 그를 괴롭혔다.

피월려는 진설린보다 더 미친 여자를 황궁에서 보게 될 줄은 꿈에도 몰랐다.

이명 공주는 한 손을 뻗어 피월려의 엉덩이에 가져갔다. 그러곤 있는 악력을 다해서 움켜쥐었는데, 피월려는 하는 수 없이 엉덩이에 힘을 주었다.

그렇지 않으면 또다시 뺨을 때릴 것을 경험으로 알았기 때문이다.

이명 공주는 입을 벌리고는 실실 웃으면서 말했다.

"그래서? 말해봐."

말투까지 달라졌다. 피월려는 숨을 한번 내쉬고는 말을 이었다.

"관과 무림은 서로 상종하지 않는 것을 잘 아실 것이오."

"알지."

"호마궁에서 마인을 황궁으로 파견한다면, 다른 무림 세력에서 가만히 보고 있겠소? 아마 황상의 입장까지도 난처해질 것이오. 그러면 이명은 그 책임에서 벗어날 수 없소."

"상관없어. 지금 병상에 누워 있는 황상은 어차피 정사를 돌볼 힘도 없어. 그리고 황태자는 내 노예나 다름없지. 나에게 책임을 물으려면 황태자를 먼저 상대해야 하니 아무도 그리할 수 없어."

지금이다.

피월려의 눈빛이 순간적으로 빛났다.

"그 황태자가 곧 결혼한다는 건 알고 있소? 결혼을 하고 나면 더 이상 이명을 보호해 주지 않을 것이오."

"아니, 나를 보호할 수밖에 없어. 그 머저리는 내 몸뚱이에 중독됐거든."

"태자비가 될 여인도 만만치는 않소만."

"뭣이?"

"낙양제일미 말이오. 그녀도 만만치 않소."

황궁제일미의 아미가 꿈틀거렸다.

"뭐라? 그년이 나보다 더 아름답다 이 말이냐? 아니, 그 전에… 네놈이 그걸 어떻게? 서, 설마?"

피월려는 간단하게 대답했다.

"자봤소."

"……"

"낙양제일미와 자봤소."

"……"

"장담하는데, 이명 너만큼 괜찮아."

"……"

"왜? 못 믿겠어?"

이명 공주의 두 동공이 빠르게 흔들렸다.

자기에게 반말을 하는 사람은 황태자밖에 없다.

그런데 이런 천한 남자가 감히 반말을 지껄이다니.

눈동자가 활활 타오르더니 그녀는 갑자기 피월려에게 달려들었다.

한바탕 소동이 또 한 번 지나가고, 이명 공주는 피월려의 위에 앉은 상태로 내려오지 않았다.

그녀는 피월려를 내려다보며 말했다.

"그 도발. 괜찮았느니라. 천한 놈의 생각치고는 깊었구나."

"그건 사실이옵니다, 이명 공주님."

이명 공주는 그를 빤히 보다가 말했다.

"거짓말. 날 혹하려 지껄인 소리가 아니라는 거냐?"

"어찌 제가 거짓을 고하겠습니까? 당장에라도 확인해 보십시오. 황룡무가는 저희 호마궁의 손에 있습니다."

"그거 말고. 그년이 나만큼 괜찮다고?"

"……."

"약관의 사내 다섯 명도 나를 감당하지 못해. 알아?"

"진 소저도 그 정도는 감당할 것입니다."

"그. 정. 도. 는?"

이명 공주는 새하얀 치아를 부드득 갈며, 입술을 비틀었다.

피월려가 조심스레 물었다.

"천음지체에 대해서 아십니까?"

"알다마다."

설마 했는데, 역시 알고 있었다. 지식인이 모이는 황궁이니 이런저런 지식을 쉽게 찾을 수 있었을 것이다.

피월려는 일이 쉽게 풀리는 것을 느꼈다.

"진 소저도 천음지체입니다."

이명 공주의 눈꺼풀이 치켜 올라갔다. 그러나 의심이 곧 그 것을 덮었다.

"뭣이? 진설린은 본녀보다 나이가 많다. 황궁에서 중원 최고의 의술로 보호를 받는 나도 함부로 밖으로 나가지 못하거늘, 어찌 그녀가 낙양에서 개봉까지 올 수 있었겠느냐?"

"무림방파에는 의술은 없어도, 무공은 있습니다. 또한 진 소저에게는 이명 공주께서 없는 것이 있습니다."

"그것이 무엇이냐?"

"바로 나."

"……."

"……."

"……."

정적이 흐르고, 마치 생전 처음 보는 장난감을 선물 받은 여아와 같은 표정으로 이명 공주가 눈빛을 빛내며 말했다.

"본녀는 지금까지 너 같은 사내를 본 적이 없느니라."

"나도 당신 같은 여인을 본 적이 없습니다."

"……."

"천음지체시니 지혜가 남다를 것이라 생각되는바. 제가 제의를 하나 하겠습니다. 들어보시고 답을 주셨으면 합니다."

이명 공주는 손을 들었다.

"역시 보통 놈이 아니구나. 오늘 이 자리에 나타난 것도 단순히 내 명을 받들고자 온 것이 아닐 터."

"정확하십니다. 제가 여기 온 이유를 말씀드리겠……."

이명은 갑자기 손을 들어서 피월려의 입을 틀어막았다. 그러고는 갑자기 목을 조르기 시작하며 허리를 흔들었다. 어찌나 세게 조르는지, 피월려가 무림인이 아니었다면 이미 질식해 죽었을 것이다.

상대를 죽이는 상상을 하며 쾌락을 느끼려는 이명 공주를 올려다보며, 피월려는 지금껏 느껴보지 못한 색다른 공포를 느끼기 시작했다.

이명 공주는 입술을 물더니, 상하로 허리를 흔들기 시작했다.

"그 전에! 네놈이! 이곳에! 잠입한! 이유! 그것에! 해당되는! 모든! 일과! 이해관계를! 본녀에게! 말하라! 지금! 당장!"

혼을 빼놓는 듯한 교성은 일정한 박자를 가지고 있어 음탕한 노랫말처럼 들렸다.

이 여자에게서 살아나갈 수 있을까?

피월려는 갑자기 자신감이 사라지는 것 같았다.

*   *   *

피월려는 은밀한 길을 통해서 황궁에서 빠져나와 저잣거리를 걸었다.

막 해가 떠오르는 시각이라 거리에는 사람이 적었다. 고작해봤자 아침 장사를 위해서 가게 문을 여는 사람들뿐이었는데, 개봉은 워낙 밤 문화가 활성화된 터라 해가 뜬 후에도 잠을 자는 경우가 월등히 많았다. 지금 시간에 일어나 아침 장사를 준비하는 사람들은 아무리 많아도 두 시진밖에 자지 못하고 일어난 사람들이다. 잠을 포기하면서까지 돈을 모으려고 열심인 것이다.

그러니 그들 모두는 한가한 거리를 홀로 걷는 피월려에게 아무런 관심을 가지지 않았다.

젊은 사내가 장대검을 등 뒤에 메고 백발을 휘날리며 성큼성큼 걷는 모습은 평소에는 절대 볼 수 없는 특이한 광경임에도 말이다.

그들은 몸에 가득한 졸음을 털어내기 위해서 하품을 하고 기지개를 켰고, 장사를 바삐 준비하느라 다른 곳에 신경 쓸 겨를이 없었다.

게다가 온갖 이상한 사람들을 하루가 멀다 하고 상대하니, 백발 정도는 특이하다고 생각하지도 않았다.

따라서 피월려의 행보는 꽤나 심심했다.

그는 황궁제일미와의 음양합일을 통해서 안정을 되찾아 어느 때보다 기분이 나른했기 때문에, 주변을 이리저리 훑어보며 멀뚱멀뚱 구경했다.

평소라면 무공이나 계획 생각에 잠겨 있었겠지만, 지금은 그럴 기분이 아니었다.

황도에 들어와서 한 번도 가지지 못한 편안한 마음으로 주변을 보니 새로운 광경이 그의 기분을 들뜨게 만들었다.

그러다가 문득 한쪽 골목에서 늘씬한 몸매를 가진 여인이 걸어 나오는 것을 보았다. 오는 길에 젊은 여인을 본 적이 없던 터라 피월려의 눈길이 절로 그쪽으로 향했는데, 그 여인은 다름 아닌 주하였다.

"나오셨소?"

주하는 고개를 끄덕이며 피월려 옆에 서 나란히 걷기 시작했다.

"피 대원의 백발을 보니, 은밀하게 움직이는 제가 우스워지더군요."

"그들이 장님도 아니고, 어차피 알았을 것이오."

그렇게 말하면서 피월려는 고개를 한쪽으로 까딱했다. 주하가 보니, 그쪽에는 엎어져서 코를 골며 자고 있는 거지가 한명 있었다.

주하가 작은 목소리로 물었다.

"어떻게 된 것입니까?"

피월려가 대답했다.

"여기서 대답해도 되겠소?"

"어차피 상관없다고 한 것은 피 대원입니다만?"

"그렇다고 전부를 말해줄 필요는 없소. 궁금하면 지들이 알아서 하겠지."

주하는 진한 미소를 짓고는 말했다.

"말씀하셔도 됩니다. 주변에 방음막(防音膜)을 치면 그만이
니."

피월려는 눈에 이채를 띠며 말했다.

"그런 암공까지도 아시오? 전에는 왜 펼치지 않으셨소?"

주하는 대수롭지 않게 말했다.

"이번에 깨닫게 된 것입니다."

"뇌지비웅 하나가 전부가 아니었군. 다른 무공도 상승한 것
이오?"

"전체적으로 좋아졌습니다. 구절이 이해가 안 가든가 혹은
내력이 부족해서 펼치지 못했던 무공과 암공을 모두 펼칠 수
있게 되었습니다만."

"성과가 매우 큰 듯하오?"

주하는 잠시 머뭇거렸지만 이내 사실을 말했다.

"확실하지 않지만, 지마(地魔)에 오른 듯합니다."

지마급 고수는 절정고수에 비견되는 경지이다. 하루가 멀다
하고 사람이 죽어나가는 무림에서 절정에 이르는 사람은 극
히 드물다.

중원 전체에 자기의 이름 석 자를 각인시키는 수준의 무공
을 소유해야 하기 때문이다.

주하처럼 젊은 여인이 절정고수에 올랐다는 소식은 구파일 방의 최고 후기지수에게나 들어봤을 뿐이었다.

피월려가 말했다.

"정말 대단하시오. 실례지만 나이가 어떻게 되시오?"

주하는 눈썹을 살짝 찌푸린 후 말했다.

"이제 그 정도는 아셔야 하지 않습니까? 십구 세입니다."

"설마 했는데, 이십도 안 되었소?"

"곧 됩니다만."

"스무 살도 되지 않고 절정에 올랐다니. 이건 정말로 드문 경우이오."

"제 오라버니는 열일곱에 지마가 되셨습니다. 전 늦었지요."

"......"

"전 천마신교 내에서도 재능 하나는 제일로 치는 암령가의 마인입니다. 이십 세 이전에 지마급에 오른 것은 자랑할 것이 못 됩니다."

마공의 특성을 생각한다고 해도 십구 세의 지마라면 대단함을 넘어서 놀라운 것이다. 그럼에도 자만하지 않는 그녀의 태도에 피월려는 한 번 더 놀랐다. 그녀는 얼마나 더 발전할 것인가?

"뭐, 하여간 축하드리오."

"감사합니다."

"그런데 생각해 보니 혹시 그걸 말해주고 싶어서 일부러 모습을 드러낸 것 아니오?"

주하는 순간 당황하며 눈길을 돌렸다.

"예? 아, 아닙니다만."

"흐음. 아무리 생각해도 그런 것 같소. 주 소저가 지마급에 오른 것을 나 말고 또 아는 자는 누가 있소?"

"그, 그것이… 피 대원에게 처음 말하는 것입니다만."

"큭큭, 크하하."

피월려는 소리 내서 웃었고, 주하는 왠지 모를 창피함을 느꼈다.

하지만 왜 창피함을 느끼는지 알 수 없어 날카로운 눈초리로 피월려를 노려볼 뿐, 뭐라고 따질 수 없었다.

한참을 웃은 피월려가 능글맞은 미소를 짓고 있자, 그것이 마음에 안 들었는지 주하가 변명하기 시작했다.

"제가 지마에 오른 것은 피 대원의 덕이 큽니다. 피 대원의 조언이 아니었다면, 무아지경에 들어서지 못했을 것이고 이런 성과를 얻지도 못했을 겁니다. 때문에 피 대원에게 솔직히 말하는 것이 도리라 생각하여 그리 한 것이지, 제가 무슨 자랑이라도 하려는 건 아니었습니다."

피월려는 미소를 유지하며 대답했다.

"물론 그럴 것이오."

"……"

"마인으로 위험한 무아지경에서 살아남은 건 순전히 주 소
저의 능력이오. 지마급에 오른 것은 주 소저의 노력이 있었기
때문이니, 내게 감사를 표할 필요는 없소."

주하는 헛기침을 하고는 말했다.

"아, 압니다. 피 대원에게 딱히 고마움을 표하는 건 아니고
그저 사실을 말씀을 드린 것뿐입니다. 피 대원께서 확대해석
하시는 건 피 대원의 자유이니 뭐라 하진 않겠습니다만, 조금
불쾌하니 이쯤에서 그만하시지요."

"물론 그럴 것이오."

"……"

주하는 뭔가 분하다는 생각이 들었지만, 그것을 말로 표현
할 수는 없었다.

그녀는 어떻게든 분함을 달래고자 할 말을 머릿속으로 찾
았는데, 문득 피월려의 백발이 눈에 들어왔다.

그녀는 처음 자기가 모습을 드러낸 이유를 생각해 내고는
유치한 것에 집착한 자신을 조용히 자책하며 피월려에게 물었
다.

"그 백발, 어떻게 된 것입니까?"

피월려는 주하를 돌아봤다.

"아, 그러고 보니 처음에 그것을 물어봤었군. 그러면 주 소

저는 황궁에까진 들어오지 못했던 것이오?"

"예. 생각보다 경비가 삼엄하더군요."

"지마급에 오른 주 소저도 힘들 수준이었소? 역시 황궁이긴 하군."

"낙양지부의 제이대가 암공에 특화된 것처럼 황궁을 지키던 백운회의 고수들은 주변을 경계하는 능력이 본 실력에 비해 월등히 탁월한 것 같았습니다. 황궁 내부에 띄엄띄엄 제은신술을 눈치챈 자들이 있었습니다. 그들은 가까이 가지도 않았는데 제가 숨은 방향을 의심하고 다가오더군요. 어느 선에서 피 대원을 따라가는 건 무리라고 판단해 포기했습니다."

"그랬었군. 주 소저가 생각하는 것만큼 큰일은 없었소. 계획은 순조롭게 진행되었소."

"하면 탈색된 머리카락은 어찌 된 것입니까?"

"처음 만나는 자리에서 환관이 내게 영약을 하나 준 것을 기억할 것이오."

"기억납니다."

"그 영약에는 가공할 수준의 양기가 내포되어 있었소. 황궁제일미와 음양합일을 통해서 반반씩 나누게 되었는데 내 몸에만 십 년의 내공이 더 쌓여 있으니, 그 영약에는 총 이십 년의 내력이 있었던 것이오."

주하가 놀라며 말했다.

"그 정도면 무림에서도 찾아보기 힘든 것입니다."

"하지만 그것은 오로지 순수한 양기로만 이뤄져 있어서, 내 단으로 쓰긴 어려운 것이었소. 천음지체인 황궁제일미의 몸을 데우기 위해서 만들어진 특수한 영약일 것이오. 다른 남자들이 먹었다면 하룻밤 동안 천음지체를 상대해도 지치지 않는 정력을 손에 넣었겠지만, 내게는 지독한 독이 되었소. 내 몸은 안 그래도 극양혈마공으로 인해서 양기가 넘치고 있었으니 말이오."

"그, 그런……."

"다행히 황궁제일미가 천음지체여서 망정이지, 보통의 여인이었다면 나는 넘치는 양기를 처리하지 못하고 죽었을 것이오. 그렇게 총 이십 년 어치의 양기를 몸에 담은 채로 버티면서 엄청난 고통을 느꼈었는데 그 때문에 이렇게 된 것 같소."

주하는 가끔 지속적으로 고문을 당하는 사람의 머리가 새하애졌다는 말을 들은 적이 있었다. 그러나 실제로 보는 것은 처음이었다.

"다, 다른 곳은 괜찮으십니까? 혹 내부는 상하지 않으셨습니까?"

주하의 걱정에 피월려는 부드러운 목소리로 그녀를 안심시켰다.

"걱정하지 마시오. 어느 때보다 더욱 좋소. 내력이 십 년이나 상승하여 극양혈마공의 안정성이 더욱 떨어진 점이 있지만, 그건 언젠가는 감수해야 할 것이었으니 상관없소."

"……."

하룻밤에 내력이 십 년이나 상승한 그 기쁜 소식을 이리도 염려하며 말하는 사람이 얼마나 될까?

주하는 본부에서 위험천만한 마공을 익히고 단시간에 성장했지만, 십 년을 넘기지 못하고 죽은 이를 수없이 봐왔다. 그런 그들 중에도 몇 개월 만에 사십 년의 내공을 얻을 정도로 급성장한 자는 없었다. 그렇다면 지금 피월려가 감당해야 할 위험성은 얼마나 될 것인가?

그녀는 자기도 모르게 피월려를 동정의 시선으로 보았다.

"정말이오. 그리 보지 마시오."

주하는 피월려의 백발에 손을 가져갔다. 그리고 주먹을 쥐었는데, 피월려의 머리카락이 어찌나 가는지 주먹 쥔 그녀의 손아귀에서조차 빠져나왔다.

주하가 나지막하게 중얼거렸다.

"지부에 가면 염색할 것을 준비하겠습니다."

"오, 그것이 가능하오?"

"이곳은 황도이니 하루 안에 모두 구할 수 있을 겁니다."

"그렇게만 해주면, 감사하겠소. 안 그래도 너무 눈에 띌까 걱정이오."

"……."

피월려는 애써 웃었다. 하지만 주하의 얼굴에 깃든 어두움을 몰아내진 못했다. 그녀는 심각한 표정으로 피월려의 옆에서 걸었고, 피월려는 왠지 그녀에게 말을 걸기가 어려워 조용히 걷기만 했다.

그들은 곧 천낙금원에 도착했다.

막 들어가려는데 문득 입구에서 분주하게 짐을 옮기는 하인들이 눈에 띄었다.

주변에 서 있는 마차가 열 대가 넘어가니, 어느 중요한 사람이 왔다는 것을 알 수 있었다.

그런데 그 하인들을 어디선가 본 듯한 느낌이 든 피월려는 머리를 굴렸고, 곧 기억해 낼 수 있었다.

그의 표정이 굳었다.

"이봐, 혹 황룡무가에서 왔나?"

갑자기 붙들린 하인은 화를 내려고 했지만, 마기를 쏟아내는 피월려의 눈빛에 지레 겁을 먹고 고개를 연신 끄덕였다.

"그, 그렇습니다, 대인."

"누가 왔지? 황룡검주께서 오셨나?"

"황룡검주님뿐만 아니라 직계손 되시는 분들은 모두 오셨습니다만."

"역시… 젠장."

피월려는 갑자기 욕설을 지껄이며 빠르게 걷기 시작했다. 주하는 심상치 않다는 것을 느끼고 몸을 숨겨 그를 뒤따랐다.

천낙금원의 계단은 가마를 타고 오르락내리락할 수 있도록 매우 넓게 만들어져 있었다.

하지만 하인들이 짐을 옮기고 있는 터라 그 넓은 계단이 꽉 차 보였다. 그 사이를 뚫고 올라가 십이 층에 도착한 그는 시비에게 물어 진파굉와 지부장이 있는 중앙회당(中央會堂)으로 향했다.

중앙회당은 오십 명이 넘어가는 황룡무가의 무인들이 자리해도 텅 비어 보일 정도로 컸다. 피월려는 그중 가장 앞자리에 자리해 황룡무가의 직계 혈손들과 만나고 있는 지부장에게로 향했다.

백발 때문에 반을 걷기도 전에 중앙회당의 모든 인물이 그를 주시했다.

지부장이 날카로운 눈빛으로 그의 머리카락을 보며 물었다.

"자네… 무슨 일이 있었나? 간밤에 어디를 간 것이지?"

피월려는 추궁을 당할 생각이 전혀 없었다. 그가 오히려 지부장을 추궁했다.

"여기 계신 분들이 황룡무가의 직계 혈손 맞으십니까?"

"맞소, 낙성혈신마."

대답한 사람은 지부장이 아니라, 그의 옆에 앉아 있던 진파 굉였다.

낙성혈신마.

피월려 본인은 몰랐지만, 그는 하남성 내 백도세력에서 낙성 혈신마라고 불린 지 꽤 되었다.

사실 그가 스스로 만들어낸 것이지만, 그 당시 살아남은 인 물들이 그 이름을 듣고 소문을 널리 퍼뜨렸었다. 작금에 와서 는 하남성을 넘어 전 중원에 그의 이름이 퍼지고 있었다. 즉, 백도 내에서도 그가 지마급, 아니, 절정급이라는 사실을 인정 해 주는 것이다.

피월려는 다소 생소한 성취감에 휩싸였다.

천서휘도 주소군도 지마급 고수이지만 아직 보편적인 별호 를 얻지 못했기 때문에 심지어 그들보다 앞서가는 기분이 들 었다.

하지만 그는 되레 얼굴을 굳히고 은은하게 마기를 개방했 다.

그러자 진파굉의 허리에 있던 황룡검이 은은한 황금빛을 내뿜으며 그의 마기에 대항했다.

"으음."

"음."

자리해 있던 황룡무가의 여인들이 작은 신음 소리를 내었다.

무공을 익히지 못한 그녀들은 피월려와 진파굉 사이에 생긴 내력의 작은 견제조차 견뎌내기 힘들었기 때문이다. 피월려는 먼저 마기를 거두고는 말했다.

"어찌 황도에 오신 것입니까?"

그의 말투가 다소 거친 것을 느낀 진파굉은 불쾌감을 표하며 되물었다.

"그것을 왜 낙성혈신마께서 따지는 것이오? 이는 매우 무례하오."

지부장이 그에게 포권을 취하며 말했다.

"죄송합니다, 황룡검주. 제가 사과드리겠습니다."

마치 아랫사람을 잘 다루지 못한 자신의 책임이라는 어투였다. 피월려는 더욱 거칠게 말했다.

"지부장께서도 책임이 있습니다. 왜 그들을 불러들인 것입니까?"

지부장은 얼굴을 일그러뜨리며 대답했다.

"내가 한 경고를 잊지 않으셨으면 하오만. 낙양지부의 인물은 거의 모두 돌아간 사실을 잊지 마시오."

피월려는 말없이 장대검을 양손으로 꺼내 들어 지부장의
앞을 후려갈겼다.

쾅!

바닥을 파고 들어간 장대검의 파괴력은 지부장과 같은 무
공을 모르는 노인이 감당할 수 있는 수준을 한참 넘어섰다.
경악한 지부장은 다리를 떨며 뒤로 물러났고, 피월려가 마기
를 한껏 담은 눈빛으로 그를 보았다.

"대(大)! 천(天)! 마(魔)! 신(神)! 교(敎)! 제(第)! 일(一)! 율(律)!
법(法)! 강(强)! 자(者)! 지(至)! 존(尊)!"

"⋯⋯."

"⋯⋯."

중인들은 모두 하나같이 피월려를 보았다. 그러나 그 누구
도 작은 숨소리 하나 내지 못했다.

그의 몸에서는 조금의 마기도 새어 나오지 않았지만, 그가
든 장대검의 검날 위로 흐르는 검은 기류는 육안으로 확인할
수 있을 정도로 진했다.

피월려가 호랑이처럼 으르렁거렸다.

"이를 모르진 않으시겠지요."

"⋯⋯."

당장에라도 생사혈전을 일으킬 것 같은 분위기에 지부장은
꿀 먹은 벙어리처럼 가만히 있었다. 냉철한 성격인 줄 알았던

피월려가 이렇게 나오니 당장은 수그려야 생명을 보존할 수 있겠다는 생각이 든 것이다.

직위니 계급이니 죄다 무시할 수 있는 게 제일율법인 강자 지존이다.

그것은 천마신교의 절대율법이자 정체성이며, 천마신교 교주의 절대 권력에 정당성까지도 부여하는 역할을 한다. 개봉 지부의 특수성이니 교주 직속이니 이런 변명은 씨알도 안 먹힌다.

피월려가 맹수같이 차가운 눈빛으로 지부장을 보며 말했다.

"이곳이 호마궁의 지부인 것을 백도세력에게 이미 들켰습니다. 그리고 현재 그 호마궁 뒤에 천마신교가 있다는 것까지 들켰을지도 모르는 상황입니다. 그런데 이런 상황에서 대놓고 황룡무가의 인물들을 불렀다는 것은 이곳과 호마궁이 천마신교의 지부라는 것을 뻔히 알려주는 것과 다름이 없습니다. 이제 그들은 천마신교가 이 모든 일의 뒤에 있었다는 것을 알게 된 겁니다."

지부장은 놀란 가슴을 진정시키고 머리를 빠르게 굴렸다. 피월려의 말이 그의 행동에 비해 다소 논리적이라는 것을 알고는 아직까지 말이 통할 것이라 생각했다.

지부장이 말했다.

"이들은 이곳에 왔어야만 했소, 피 대원… 아니, 낙성혈신

마. 황태자와의 결혼식이 채 열흘도 남지 않은 상황에서 외가가 황궁을 방문하지 않을 수 없기 때문이오. 아직까지도 두 가문의 제대로 된 면식이 없었으니, 이미 늦었다 해도 과언이 아니오."

피월려는 눈살을 찌푸렸다.

"굳이 이곳에 머물러야 할 이유는 없습니다. 얼마든지 다른 곳에서 숙박하실 수 있지 않습니까?"

"그래 봤자 의미가 없소. 어차피 개봉지부와 만남을 가져야 하고 이런저런 계획을 논해야 하오. 그렇게 지속적으로 만나고 서찰을 주고받다 보면 개방에서 눈치채지 못할 리가 없소."

"무슨 계획을 말입니까?"

"그것은……."

그가 말을 더듬으려 하자, 피월려의 눈에서 마광이 쏟아졌다. 당장에라도 검을 뽑아 휘두를 것 같았지만 지부장은 끝내 입을 다물었다. 그런데 다른 쪽에서 한 남자가 자리에서 일어나며 크게 소리쳤다.

"낙성혈신마!"

피월려는 목소리 쪽으로 고개를 돌렸다. 그곳에는 그가 잘 아는 얼굴이 있었다.

"유한!"

낙양성 백운대장 유한.

피월려의 이런저런 인연으로 묶인 황군의 인물로, 마지막으로 본 것은 십이 일 전, 밤에 호위를 포기하고 숲속으로 사라졌을 때였다.

피월려는 눈을 동그랗게 떴다.

"네가 왜?"

유한이 고개를 끄덕이며 말했다.

"지부장께서 방금 말씀하신 계획 때문이다. 행패 부리기 전에 내 말을 먼저 들어라."

"뭐?"

유한은 고개를 돌려 지부장을 보았다.

"지부장님. 말씀드린 대로 낙성혈신마와 동행하겠습니다."

"지, 지금 말이오?"

"예."

"그… 그러시오."

매우 떨떠름한 표정이었지만, 지부장은 허락했다. 감정적인 지금의 피월려와 더는 같은 자리에 있고 싶지 않았기 때문이다.

유한은 피월려에게 손짓하며 출구로 향했고, 피월려는 상황을 이해하지 못해 한동안 그 자리에 멀뚱하니 서 있었다.

제오십삼장(第五十三章)

해가 떠오른 지 꽤 시간이 지났지만, 낙양의 길거리는 아직
도 한산했다.

유한은 부하들을 모두 지부에 두고 홀로 앞장을 섰는데, 피
월려는 그를 뒤따라 걸을 뿐 말을 걸지 못했다.

백운회와 개봉지부의 속사정을 정확하게 파악하지 못했기
에 기다릴 수밖에 없었다.

우선 백운회가 백도무림과 내통한다고 의심한 피월려는 그
의심을 먼저 풀고 싶었지만, 그가 먼저 따라나서자고 한 이유
를 알기 전까지 그 의혹을 숨기는 것이 좋다고 판단했다.

그는 장장 일다경을 걸을 동안 단 한 마디의 말도 하지 않았다.

피월려의 흰 머리를 똑똑히 봤을 것인데, 그에 대한 언급조차 안 하는 것을 보면 참 뚜렷한 성격을 가지고 있는 남자라고 피월려는 생각했다.

피월려는 묵묵히 그를 따라 걸었고, 그들은 곧 한 거대한 저택에 도착했다. 낙양에 있는 황룡무가의 건물과 비교해도 손색이 없을 정도로 웅장했고 고풍스러웠다.

유한이 입구에 서자, 안에서 문이 저절로 열렸다. 하인들은 아무런 인사조차 하지 않고 길을 안내했고, 유한과 피월려는 그 안내를 따라 저택 안으로 들어섰다.

그 저택의 안은 하나의 작은 도시라고 해도 좋을 정도로 넓었다.

피월려는 자기도 모르게 정신없이 구경하고 있었는데, 한 무사가 그의 앞을 가로막으며 말했다.

"동행이 있는 것 같습니다만, 낙성혈신마의 일행입니까?"

피월려는 눈에 이채가 감돌았다. 이렇게 대놓고 주하의 존재를 파악한 인물이 없었기 때문이다. 피월려는 전음으로 신호를 보냈고, 주하가 곧 그의 뒤에서 모습을 드러냈다.

"죄송합니다."

"아니오. 전에 말한 것처럼 이들의 감시가 뛰어난 것이오.

소저는 여기 남으시오. 명이오."

"존명."

주하의 포권을 뒤로하고 피월려는 유한의 뒤를 서둘러 따라갔다.

저택 안에서도 한참을 걷다 목적지에 도착했다.

다른 건물보다는 다소 작은 곳으로 한 사람의 별장처럼 보였다.

"들어가라."

유한이 처음으로 말했고, 피월려가 물었다.

"누구지?"

"백운대장군(白雲大將軍) 손막님이시다."

대장군은 상장군 위의 직위로, 한 군단을 통솔하는 위치에 있다. 그 위로는 총대장군이 있는데, 이는 전쟁이 발발하여 황제가 대장군 중에서 한 명을 임명할 때만 있는 직위다. 즉, 지금과 같은 평화로운 시대에는 대장군이야말로 군관이 가질 수 있는 가장 높은 직위인 것이다.

"대장군이라면 설마 그 대장군?"

"백운회의 회주(會主)라 하면 알겠는가?"

백운대 군단을 통솔하는 백운대장군을 무림식으로 표현하면 백운회의 회주다. 그를 즉시 이해한 피월려의 얼굴은 심각해졌다.

"……."

"너를 친히 찾으셨다. 들어가 봐라."

피월려는 고개를 끄덕이고는 안으로 들어섰다.

천마신교 낙양지부의 것과 비슷한 어두컴컴한 복도가 그를 반겼는데, 그는 느릿해지는 걸음을 재촉하면서도 머릿속으로 생각을 정리했다.

백운회의 우두머리가 왜 그를 찾으려 한 것일까? 무슨 말을 하려는 것일까? 너무 갑작스러운 만남이라 예상하기가 쉽지 않았다.

피월려는 곧 방문 앞에 도착했고, 그가 그 앞에 서기도 전에 안에서 소리가 들렸다.

"들어오라."

늙고 힘없는 목소리였다. 피월려는 스스로 문을 열고 안으로 들어섰다.

처음 느껴지는 것은 후덥지근한 방 안의 공기였다. 이제 찾아오는 여름을 미리 맛보는 기분이 들었다.

그리고 온갖 약제가 뒤섞인 냄새는 마치 미내로의 집을 연상케 했다.

공기의 수분과 함께 콧속을 찌르는 것이 머리가 아파올 지경이었다.

"피 공이신가?"

피월려는 눈을 들어 방의 중앙을 보았다. 그곳에는 두터운 이부자리를 온몸에 칭칭 감아놓은 늙은 노인이 힘겹게 앉아 있었다.

몸에 난 털이 하나도 없었고, 징그러운 주름이 피부 위에 가득했다.

인간의 모습을 겨우 유지하는 듯한데, 적어도 백 세는 되지 않았을까 생각되는 외모였다.

그러나 단 하나, 그 눈빛만큼은 젊은이의 것 못지않게 맑게 빛나고 있었다.

피월려는 손막의 앞에 정좌로 앉았다.

"백운대장군이라 들었습니다. 맞습니까?"

"본좌가 맞다."

"저를 찾으셨다 들었습니다만."

"본좌가 단도직입적으로 말하겠다. 전날 밤, 공주마마를 모신 것이 공인가?"

피월려는 잠깐 말을 잇지 못했다. 그와 이명 공주가 나눈 대화는 함부로 새어 나가선 안 되는 종류의 것이었기 때문에, 백운대장군이나 되는 사람이 알게 될 경우 어떤 결과로 이어질지 완전히 미지수다.

그러나 지금 거짓을 말하는 것이 얼마나 우스꽝스러운지는 피월려 본인이 더 잘 알았다. 그의 앞에 있는 사람은 매우 늙었으며, 병들어 죽어가고 있었고, 백운대장군이라는 높은 직위까지 있다.

삶과 죽음, 그리고 허무까지 아는 사람이 거짓을 간파하지 못한다면 누가 한단 말인가?

피월려가 솔직하게 말했다.

"예."

"무슨 대화를 했는지 본좌에게 말하게."

"제가 왜 그래야 합니까?"

"황궁의 일이다. 무림인인 그대가 낄 자리가 아니야."

"먼저 개입한 건 황궁입니다. 개봉지부장과 무슨 관계이십니까? 그와 무슨 계획을 꾸미십니까? 이곳에서 벌어지는 무림대회는 무엇이며, 백도무림과는 무슨 관계가 있으신 겁니까? 그것을 먼저 모두 설명해 주신다면 저도 모든 것을 말하겠습니다."

손막이 깊이를 알 수 없는 눈빛으로 피월려를 주시하다 툭 내뱉듯 입을 열었다.

"그것을 모른다는 것은 개봉지부장과 사이가 좋지 않다는 뜻인가?"

"……."

"개봉지부가 지금 본좌와 무슨 일을 계획하고 있는지, 그것은 알고 있는가?"

"모릅니다."

"그럼 왜 공주마마를 모신 것인가? 이는 낙양지부와는 별개의 것으로 독단적인 행동인가?"

"……"

"공의 눈빛을 보니 본좌가 공의 정곡을 찔렀다. 아니, 그러한가?"

"맞습니다."

"공은 왜 홀로 다니는가?"

피월려는 이대로 끌려다니다간 아무것도 알아내지 못하고 그냥 당하게 될 것이라 생각했다. 그래서 손막의 질문을 무시하고 되물었다.

"그 전에 왜 저를 이곳으로 부른 것입니까? 그 이유를 알고 싶습니다만."

"그래서 묻는 것이다. 공이 홀로 다니니까."

"예?"

"백운회는, 아니, 황군은 무림의 일로 손해를 보기 싫다. 따라서 무림인이 서로를 죽이는 건 신경 쓰지 않는다. 다만 그로 인해 황군의 손실이 발생하는 모든 경우를 사전에 미리 차단한다. 때문에 우린 백도무림과도, 마교와도 연락을 주고받으며 중립적인 입장을 고수하고 있다."

"역시 백도무림과 연락을 하고 계셨군요."

"하다마다. 백도무림에서 황도에 무림대회를 열고자 했을 때부터, 무림인들이 황궁에 손을 뻗으려 하는 것을 알아봤느니라. 때문에 모든 정보를 알아야 할 필요성을 느꼈고, 그것을 바탕으로 양쪽의 힘을 조율했다. 그러나 문제가 발생했다."

피월려는 즉시 알 수 있었다.

"저로군요."

"그렇다. 공이 단독 행동을 한 것이다."

"……."

"공은 천마신교의 의지와 다르게 자기 멋대로 움직였다."

피월려는 깊은 숨을 내쉬고는 말했다.

"제가 황궁에 있을 때 왜 저를 제거하지 않으셨습니까? 황궁에서는 쥐도 새도 모르게 처리할 수 있었을 텐데요."

"평화협정을 잘 맺은 뒤에, 갑자기 마교의 절정급 고수를 함부로 제거할 수는 없었다. 그래서 물어보니, 개봉지부장은 공을 죽여도 좋다 즉시 승낙했다."

이 개새끼가. 그냥 장대검으로 두 동강을 냈어야 하는데.

피월려는 분노를 속으로 삭이며 말했다.

"그런데도 절 살려두셨습니까?"

"그래서 살려뒀다. 지부장이 그리 쉽게 승낙하니 오히려 흥미가 돋았다. 육체의 욕구조차 사라진 늙은 본좌의 관심을 언은 건 지난 일 년간 공이 처음이다."

"흥미가 사라지면?"

"무림에서 초절정에 해당하는 고수가 둘이나 내 곁에 있다. 공은 공의 죽음을 자각하지도 못하고 죽을 것이다."

"……."

"설명하라. 왜 공주마마를 의도적으로 만난 것인가?"

피월려는 입을 다물었다.

그냥 물어본다고 대답해 줄 만큼 간단한 질문이 아니었기 때문이다. 그런 그의 심정을 이해한다는 듯이 손막이 말을 이었다.

"이곳에 순순히 따라온 것을 보면 본좌를 만나러 옴을 예상한 것인데, 어찌 답하기를 주저하는 것인가? 공의 생각에는 본좌가 답 없이 공을 보내줄 것 같은가?"

사실 피월려는 백운대장군이나 되는 사람을 만나게 될지 전혀 예상하지 못했다. 그가 순순히 유한의 인도에 따른 것은, 그 스스로도 개봉지부장과 대치하던 그 상황을 벗어나고 싶었기 때문이었다.

일단 감정에 치우쳐서 일을 벌이긴 했는데 그러다 정말로 개봉지부장에게 해를 미치게 되면, 어떤 불이익을 당할지 미지수였다.

그러나 그렇다고 그 자리에서 스스로 검을 거두기에는 너무 먼 곳까지 가버린 상태였다.

이러지도 저러지도 못하고 있는데, 유한이 그렇게 불러주니 적당히 으름장을 놓고는 얼른 그를 따랐던 것이다. 또한 주하가 동행을 하니 유한이 어디로 인도하든 별로 걱정되지 않은 부분도 있었다.

그가 예상한 그림은 적당한 객잔에 들러서 유한과 대화를 하는 장면이었지, 대장군의 직위에 있는 고관 어르신과 독대를 하게 될지는 꿈에도 몰랐다.

그런데 손막은 고맙게도 피월려를 좀 더 높이 평가하는 듯했다.

군이 그 평가를 깎아내릴 이유가 없는 피월려는 짐짓 그의 말이 맞는다는 듯이 고개를 끄덕였다.

"말하겠습니다. 다만 한 가지 조건이 있습니다."

"말하라."

'감히 어디서?' 혹은 '클클클 조건이라?' 혹은 '본좌가 우습게 보이는가?' 등의 대답을 생각했던 피월려는 다시금 자신의 예상이 무너지는 것을 느꼈다.

피월려는 손막의 성격을 분석하는 것을 포기했다. 손막은 애초에 그것이 가능해 보이질 않을 정도의 깊은 눈빛을 가지고 있었다.

피월려가 말했다.

"황도에서 일어나고 있는 일을 정확하게 설명해 주십시오."

"좋다."

"예?"

너무 빠른 대답에 피월려는 자기도 모르게 되물었다. 손막은 또다시 즉시 대답했다.

"정확하게 설명하겠다. 그러니 공은 내 질문에 대답하라."

"……."

"조건이 더 있는가?"

"아니, 없습니다… 말씀드리겠습니다."

뭔가 이득인 것 같으면서도 이상하게 손해 보는 느낌이다.

피월려는 천천히 생각을 정리하며 황궁제일미와 있었던 간밤의 일을 설명하기 시작했다.

"대장군께서는 마마께서 천음지체라는 것을 아십니까?"

손막은 귀찮다는 듯이 눈을 가늘게 떴다.

"본좌가 모르는 것은 본좌가 묻겠다. 그전까지는 설명을 생략하라."

"알겠습니다. 그럼 간략히 설명드리겠습니다."

"내 나이가 있어 간단한 심계에도 몸이 지치니 어서 말하라."

그런 사람이 지금까지 대화를 자유자재로 유도했단 말인가? 피월려는 손막의 겸손 아닌 겸손에 작은 실소를 입가에

머금었다.

"제가 감히 공주마마를 뵈려고 한 이유는 한 가지 의심이 있었기 때문입니다. 바로 마마께서 천음지체이지 않은가 하는 의심입니다. 이를 직접 확인하기 위해서 마마를 만난 것입니다."

"그 의심을 직접 해결해야 했던 이유가 무엇인가?"

"지부에서 동떨어진 제가 딱히 보낼 사람도 없었고……. 또한 제 스스로가 확신할 수 있기를 바랐습니다."

"사람을 쓸 줄 모르는 건가? 아님 믿지를 못하는 건가? 좋은 수장이 되긴 글렀군."

"……."

"그래서? 마마께서 친음지체임을 알게 돼서 공이 얻는 것은 무엇인가?"

"최종적으로 백도무림의 개입을 확신할 수 있습니다."

"엉뚱한 결론이군."

"논리가 꼬리를 물고 꼬리를 물어 그렇게 됩니다. 설명하자면……."

손막은 피월려의 말을 막았다.

"그것을 본좌가 알 필요는 없다. 어차피 진실을 말하는 것 같으니. 그 이후를 말하라. 그런 확신을 가지고 나서 무슨 행동을 했는가?"

"간단합니다. 백도무림의 계획을 저지할 생각이었습니다."

"마마와 한 거래의 목적이 바로 그것인가?"

"그렇습니다."

"거래 내용은?"

"결승전이 있는 날 밤, 황태자의 암살을 주도할 생각입니다.
그때 도와주기로 하셨습니다."

"……."

조금도 말이 밀리지 않던 손막은 이번만큼은 즉시 대답을
내놓지 못했다.

태연하게 황태자의 암살을 말하는 피월려의 고요한 패기가
순간적으로 손막의 기세를 눌렀다.

손막은 그의 생각을 조금도 엿볼 수 없는 고요한 눈빛으로
피월려를 보았고, 피월려는 마기가 한껏 일렁이는 눈빛으로 그
를 마주보았다.

정적이 조금 흐르고 손막이 입술을 열었다.

"공이 그럴 필요까진 없다. 왜 멸문지화를 당할 위험을 감
수하고 그런 계획을 세웠는가?"

두 번째로 정곡을 찔렀다.

피월려의 목적은 백도무림의 계획을 저지하는 것이다.

백도무림의 계획은 무림대회의 우승자를 이용하여 황궁제
일미를 억압하고, 그녀를 이용하여 낙양제일미를 잃어버린 황

태자를 자유자재로 다루기 위함이다.

비록 오래가진 못해도 한동안은 황태자를 장난감처럼 다룰
수 있게 되는 것이다.

그런데 이를 저지하기 위해서 피월려가 구태여 황태자를 죽
여야만 하는 것은 아니다.

황궁제일미를 죽여도 되고, 진설린을 죽여도 되며, 그냥 무
림대회의 우승자를 죽여도 된다. 아니, 내정된 우승자를 이미
죽였고 첩자인 이운소가 우승자로 거의 확정되었으니, 이대로
가만히 있어도 백도무림의 계획은 반쯤 무너진 것과 다름없
다.

하지만 왜 피월려는 황태자를 암살하려는 매우 까다로운
일을 하려는 것인가? 손막은 그것을 물어보는 것이다.

피월려는 손막이 절대로 만만한 인물이 아님을 다시금 느꼈
다.

감히 일개 무림인이 황태자를 암살한다는 말을 지껄였다.

놀람을 표하지도 않는다.

분노를 터뜨리지도 않는다.

그저 완전히 논리에 입각하여 피월려의 입장을 파악하고
그 뒤, 당연히 오는 의구심을 질문했다.

다시금 느끼지만 이 노인의 앞에서 하는 허튼 거짓말은 오
히려 상황을 악화시킬 뿐이다.

피월려는 말했다.

"제겐 필수적인 일입니다."

"본좌의 늙은 머리로는 하나의 답밖에 나오질 않는군. 진설린을 사랑하는가?"

황태자는 육체적으로는 황궁제일미에게 집착한다. 하지만 정신적으로는 낙양제일미에게 집착한다.

그의 머릿속의 낙양제일미는 황궁제일미의 치명적인 미모에 천상의 고결함을 더한 완전무구(完全無垢)의 선녀와 같다. 아무 남자와 동침하는 더러운 황궁제일미에게서 벗어나 순결한 사랑을 완성할 수 있는 유일한 여자인 것이다.

황태자를 죽이지 않는 한, 진설린은 피월려의 곁에 있을 수 없다.

황태자는 수단과 방법을 가리지 않고 그녀를 차지하려 들 것이다.

피월려는 그런 생각을 했고, 따라서 개봉지부와 별개로 황태자를 암살하려는 계획을 세운 것이다.

피월려가 나지막하게 대답했다.

"그것과… 비슷합니다."

"어떤 면에서?"

"전 그녀가 없으면 살 수 없습니다."

"……."

"……."

"젊음이라……. 그것은 최대의 강점이지만 최대의 약점이기도 하다. 한낱 사랑에 목숨을 바치려 하다니. 본좌는 공이 부러우면서 실망스럽군."

손막은 피월려의 마음을 오해한 듯했지만, 피월려는 굳이 그 오해를 해결하려 할 필요가 없었다.

그녀를 사랑하는 마음이 아니라 내공의 특수성이라는 말을 했다가는 극양혈마공의 구결까지도 읊어야 할지 모르기 때문이다.

다행히 손막은 그것에 대해서 더 묻지 않았다. 그는 대신 다른 질문을 해왔다.

"마마께서 대가로 요구하신 것은 무엇인가?"

"탈궁(脫宮)입니다."

손막은 눈을 감으면서 고개를 느릿하게 끄덕였다.

"역시 그리 말하셨군."

"여기까지가 전부입니다. 이젠 절 죽이실 겁니까?"

"공은 왜 본좌가 공을 죽이려 할 것이라 생각하는가?"

"대장군 앞에서 역모를 말하였으니, 죽음이 수순 아니겠습니까?"

"그렇다면 왜 솔직하게 말했는가?"

"거짓을 말하였어도 어차피 죽기 때문입니다."

"현명하군. 하지만 공이 그 등에 짊어진 장대검을 쓸 일은 없을 것이다."

"믿을 수 없습니다. 역모를 눈감아주시겠다는 겁니까?"

"그대가 하려는 일이 본좌가 하려는 일과 상통한다면 그리 할 수 있다."

피월려의 입이 살포시 벌어졌다.

"…설마?"

"백운회는 백도무림과 천마신교, 양쪽 모두와 내통했다. 그들 중 누구도 황궁에 손을 뻗지 못하게 하기 위함이다. 공이 설명한 대로, 백도무림은 이명 공주마마를 이용하여 황태자를 쥐고 흔들려 하고 있고, 천마신교는 진설린을 이용하여 황태자를 쥐고 흔들려 하고 있지. 때문에 백운회는 양쪽 장단에 맞춰 움직이며 누구도 우위를 점하지 못하게 지금까지 상황을 끌고 왔다. 하지만 이제는 별수 없다. 무림의 세력이 황궁에 침입하지 못하게 하기 위해서는 결국 힘든 결정을 감행해야 하는 시기가 온 것이지. 폐하께서 직접 임명한 백운대장군의 무게를 본좌가 감당해야 한다."

손막의 말은 지독히도 무거웠다. 피월려는 그 무게에 한동안 말을 잇지 못하다가, 겨우 한마디를 내뱉을 수 있었다.

"대인께서도 황태자를 죽이실 작정입니까?"

"무림의 세력인 황룡무가의 여식과 혼인을 감행하려 한 것부터 황태자는 대운제국의 주인이 될 자격을 잃으셨다. 백도 무림과 천마신교. 이 둘이 황궁에 뻗은 검은 손길을 단번에! 그리고 깨끗하게 잘라내기 위해서는 황태자께서 희생양이 되셔야 한다."

피월려는 지금 귀로 들으면서도 손막의 말을 믿기 어려웠다.

"저, 정말로 역모를 꾸미십니까?"

"삼 황자께서 황제가 될 것이다. 그분은 이명 공주마마의 유혹을 견딘 유일한 황손이시다. 책을 항상 가까이 하시면서도 무를 천대하지 않으시는 성정을 지니셨지."

"……."

"본좌는 공을 직접 보기를 잘했다는 생각이 든다. 천마신교에 속해 있지만, 그들과 다른 행동으로 움직이는 걸 보고 뭔가 통하는 것이 있겠다는 생각을 했었는데, 그것이 적중할 줄이야! 이 늙어버린 뇌도 아직은 쓸모가 있어 다행이다."

피월려는 혼란스러운 머리를 정리하며 물었다.

"왜 제게 이것을 전부 말씀하시는 겁니까? 정말로 절 죽이실 생각이 없으십니까?"

"없다. 귀찮은 일을 대신해 줄 사람을 왜 본좌가 죽이겠는가?"

"……."

"백운회는 그대를 도울 것이다. 원하는 것이 있으면 밖에 있는 유한에게 말하라. 그가 모든 것을 준비할 것이다."

"진심… 이시군요."

"공은 처음부터 본좌를 진심으로 대했다. 본좌는 지금까지 본좌에게 진심을 보여준 상대에게 거짓을 말한 적이 없다. 지금껏 본좌가 이 자리까지 살아남은 것은 진심의 힘을 믿었기 때문이다."

"그렇습니까?"

피월려의 물음에는 힘이 없었다. 거짓으로 수십 번 목숨을 연명한 피월려가 손막의 말을 선뜻 받아들일 수 없었기 때문이다.

손막이 그에게 말했다.

"한 가지 묻겠다."

"물으십시오."

"공은 왜 암살 시기를 무림대회 결승 전날 밤으로 잡은 것인가?"

"결승전 다음 날 황태자와 낙양제일미의 혼인식이 있습니다."

"그렇다. 때문에 혼인식 날 밤에 암살하는 것이 더 좋지 않은가? 그때는 황태자가 낙양제일미와 함께 있을 터이니 장소를 찾기 쉬울 것이다. 왜 그 전날로 한 것인가?"

"그 전날에 황태자가 있을 장소도 찾기 쉽기 때문입니다."

"무슨 뜻인가?"

"낙양제일미와 혼인하게 되는 황태자는 그 전날 밤, 이명 공주마마를 찾으실 겁니다. 황태자는 마지막으로 그 육체를 탐닉하고자 하는 욕구를 이기지 못하실 겁니다."

"……."

"혼인식 전날 밤에 다른 여자와 동침하는 것이니, 그 행위가 수치스러운 것인 만큼 황태자가 알아서 은밀한 곳을 고를 것이고 또한 알아서 사람들이 모르게 움직일 것입니다. 그러니 결승전 밤이 암살하기 가장 적당합니다. 이명 공주마마께서 저를 불러들여 약속 장소에서 먼저 매복하다 황태자를 암살하면 깔끔하게 일을 완수할 수 있습니다."

손막은 그의 말을 듣고 잠시 생각에 잠기더니 곧 말했다.

"본좌는 그 논리에 반박할 수 없다. 가히 공은 머리가 비상하다."

"과찬이십니다."

"이 일은 천마신교도 모르게 하라."

"제가 그리할 것을 이미 아시지 않습니까? 본 교에서는 낙양제일미로 황태자를 수중에 넣을 생각입니다. 황태자를 암살하려는 제 계획을 말했다가는 즉시 중지하라는 명을 받을 것입니다."

"안다. 본좌는 공의 마음을 한 번 더 엿보려 한 것뿐이다. 확실히 거짓이 느껴지지 않는다. 머리색이 독특해서 그 영향이 있는지 알 수 없지만, 공은 나이 대에 비해서 마음을 읽기 어려운 상대다."

"……."

"그럼 공은 이제 가라. 본좌가 나이가 있어 이렇게 대화하는 것도 힘이 드니, 어서 쉬어야 한다."

"알겠습니다. 그러면 편히 쉬십시오."

피월려는 포권을 취하고는 밖으로 나가기 위해 걸음을 옮겼다.

그러면서도 신경을 뒤쪽으로 집중하며 기류를 살폈는데, 그를 향한 살기를 전혀 느낄 수 없었다. 밖에서 기다리던 유한이 저택의 입구로 안내할 때도 그는 긴장을 늦추지 않았다. 하지만 백운회 저택의 입구가 닫히기까지 그 누구도 그를 공격하려는 조짐을 보이지 않았다.

거대한 입구가 닫히는 것을 보며 피월려가 중얼거렸다.

"혹 저들이 우리를 암살하려 들 수도 있소. 방비해 주시오."

그의 옆에 서 있던 주하가 대답했다.

"그렇게 하려 했으면 안에서 했을 것입니다. 이들은 진정으로 피 대원을 보낸 겁니다."

"……."

"무언가 미심쩍습니까?"

"아니오. 나중에 알게 되겠지."

피월려는 어두운 표정으로 몸을 돌려 지부로 향했다.

*   *   *

오 일이 지나고, 결승전의 날이 밝았다. 준준결승으로부터 겨우 오 일밖에 지나지 않아 결승전이 열리게 된 이유는 준결승에 진출한 조근추가 불의의 사고를 당해 목숨을 잃었기 때문이다.

또한 다른 쪽에서는 이운소가 상대방을 허무할 정도로 손쉽게 이겨 버려서 아무런 부상도 당하지 않았던 이유도 있었다.

결승을 앞두고 두 후보가 모두 몸이 성하니, 혼인식을 빠르게 치르고 싶었던 황태자는 서둘러 일정을 앞당겼고, 그 결과 오 일 만에 결승전이 열리게 된 것이다.

계획의 진행은 순조롭게 이뤄지고 있었으나 가파르게 일이 진행되는 터라 피월려는 마음 한편이 묘하게 불편한 의구심을 가지게 되었다.

그의 경험상 그가 아무리 완벽한 계획을 세우더라도 세상일이 그대로 흘러가는 법이 없었기 때문이다. 가뜩이나 그가 움직일 수 있는 사람이 자신과 주하, 그리고 혈적현밖에 없는 최악의 상황이니 부드럽게 흘러가는 평온한 나날을 뒷짐 지고 느긋하게 보낼 수 없었다.

결승전이 열리는 무예관(武藝館)은 결승전을 구경하기 위해서 초대된 사람들로 와자지껄했다.

무예관은 황궁 남쪽에 위치해 있었는데 이는 황제가 무예를 관람하기 위해 만들어진 곳으로, 국가적 행사를 할 때 어김없이 쓰이는 곳이었다.

천 석이 넘어가는 의자는 모두 등받이가 활시위처럼 휘어져 있어 앉는 사람으로 하여금 편안함을 느끼게 하는 것과 동시에, 깔끔한 외적 아름다움까지 가지고 있어 그 값어치를 짐작하기 어려웠다.

뿐만 아니라 얇은 천막(天幕)이 하늘을 가리고 있어, 비를 막아줌과 동시에 무대가 있는 중앙으로 햇빛을 모으는 역할을 했다.

천출은 감히 들어오지도 못했고 평민이라면 비싼 값을 치러야만 들어올 수 있는 곳이니 무대를 가득 채운 군중들은 모두 하나같이 호화스러운 차림으로 귀족적인 자태를 뽐내고 있었다.

그들은 하나같이 곁눈질로 서로의 겉치레를 비교하면서 소모적인 신경전으로 지루한 기다림을 달래고 있었다. 황태자가 직접 등장하는 자리인 만큼, 모든 인원이 자리하지 않는 한 황태자가 나오지 않기 때문에 약속된 시각을 반 시진이나 훌쩍 넘겼음에도 결승전은 시작할 기미조차 보이지 않고 있었다.

참을성이 없는 사람들은 투덜대기 시작했고, 인내심이 깊은 사람의 얼굴도 조금은 붉어지고 있었다.

그러나 그중 한 명은 무대가 언제 시작할지 아무런 관심도 없었다.

앞사람의 머리 때문에 무대를 제대로 관람할 수도 없는 가장 나쁜 자리 중에서 그나마 운 좋게 중앙에 앉게 된 피월려였다.

그의 머리는 삼 일 전에 주하가 가져온 염색약 덕분에 흑색을 띠고 있었으나, 실같이 가느다란 점은 그대로였다.

그는 그의 무릎에 펼쳐 놓은 서찰을 틈틈이 읽으면서 뭐라 뭐라 끊임없이 중얼대고 있었다. 왼쪽에는 혈적현이, 그리고 오른쪽에는 주하가 앉아 있었는데, 보다 못한 주하가 그에게 퉁명스럽게 말했다.

"이제 그만하실 때도 되지 않으셨습니까?"

피월려는 그녀를 보지도 않고 대답했다.

"오늘 밤까지 숙지해야 하오."

그의 서찰에 적힌 것은 황궁의 지도였다. 다만 기밀을 위해

서 그림이 아닌 글로만 쓰여 있는 것으로 웬만한 사람은 이해
조차 할 수 없을 정도로 어려웠다.

"이미 모두 외우셨잖습니까? 보지도 않고 달달 외울 정도로
알고 있습니다만."

"그거야 그렇소만, 외우고 있는 것과 이해한 것은 다르오.
지도는 이해해야만 긴급한 돌발 상황에 대처할 수 있소. 특히
나 조심, 또 조심해야 하오."

"어차피 황궁을 지키는 백운회가 도와주니 그리 어려울 것
도 없습니다."

피월려는 깜짝 놀라며 주하를 돌아보았다.

"조심하시오. 아무리 여기가 사람이 많다고 하나……."

주하는 피월려의 말을 잘랐다.

"전 애초에 전음을 쓰지 않았습니다. 그 사실로 충분히 유
추할 수 있으실 텐데요?"

"아, 방음막이 있는 것이오?"

"그렇습니다."

그렇게 말한 주하는 품에서 육포를 꺼냈다.

주하가 품속에서 꺼낼 수 있는 것으로는 비도나 독침, 혹은
살생부밖에 예상할 수 없었던 피월려는 너무 뜻밖의 물건을
꺼내 입으로 태연하게 씹고 있는 주하를 멍한 눈길로 보았다.
그것을 느꼈는지 주하가 그를 살짝 내려다보며 말했다.

"미리 말하겠지만, 안 줄 겁니다."

"……."

"하나밖에 없습니다."

혈적현은 척 하고 오른손을 내밀었다.

피월려는 무의식적으로 손을 뻗어 그의 오른손에 쥐어진 육포를 받았다.

"그 서찰은 잊어먹지 않았으면서 가장 중요한 것을 잊었군."

"고맙다."

"뭘, 이거 가지고. 그런데 정말로 우리 주변에 방음막이 있는 건가?"

대답은 주하가 대신했다.

"예."

혈적현은 묵묵히 있다가 툭하니 내뱉었다.

"지극히 이론적인 건 줄 알았는데 실제로 펼칠 수 있다니… 원리가 어떻게 되는 것이오?"

육포를 삼킨 주하가 대답했다.

"무공 지식의 교환을 신청하시는 겁니까?"

완전히 성장하여 천마신교의 일인으로 마인이 되면 더 이상 공식적으로 스승이 없다.

특별한 경우를 제외하고 천마신교 내의 모든 마인은 스승을 모시지도 않고 제자를 갖지도 않기 때문이다. 따라서 스스로 공부하거나 아니면 지식의 교환을 통해서 무공을 익히는데, 주하는 후자를 말한 것이다.

혈적현은 잠시 턱을 괴다가 말했다.

"소저께서는 무엇을 원하시오?"

"비도혈문의 무공에서 비도의 자가선회(自家旋回)를 어떻게 처리하는지 알려주십시오. 그러면 방음막의 묘리를 알려 드리겠습니다."

"그건……."

혈적현은 말문이 막혔다. 그도 그럴 것이 그것을 설명하기 위해서는 비도혈문의 무공구결에 담긴 비기를 말해야 했기 때문이다.

주하는 그런 반응을 이미 예상했는지, 쓴웃음인지 비웃음인지 모를 웃음을 얼굴에 그리며 말했다.

"그렇게 말할 줄 알았습니다. 제이대의 모든 인원이 비도혈문의 무공에 지대한 관심을 가지고 있습니다만, 단 한 명도 비도혈문의 무공과 지식을 교환한 사람이 없다 들었습니다. 비도혈문이 본 교에 입교한 지 아직 일 년도 되지 않았지만, 서서히 본 교에 대한 소속감을 가지시지 않으면 안 됩니다. 언제까지고 비도혈문으로 남으시려는 겁니까?"

혈적현은 묵묵히 있다 말했다.

"우리 가문이 음지에서 생활한 것이 오십 년이오. 또한 우리의 혈연은 복수의 칼날로 더욱 단단해졌소. 천마신교에 입교했다 해서 즉시 녹아들 수는 없소. 또한 우리가 천마신교에 입교한 이유는 사천당문의 멸문을 위해서 그리한 것이오. 그러나 사천당문은 아직 멸문당하지 않았소."

"사천당문은 가도무로 인해서 봉문을 하게 될 정도의 타격을 받았습니다. 그것으로 부족합니까?"

혈적현은 속에 있는 것을 토해내듯 낮게 부르짖었다.

"멸문이오. 그것이 우리가 받은 약속이오."

주하는 여전히 시선을 앞으로 향하고 미소를 유지했다.

"그래서 그전까지는 비도혈문의 무공을 조금이라도 공유할 수 없다는 겁니까? 제가 봤을 때는 사천당문이 봉문을 당했으니, 비도혈문 또한 어느 정도 가문의 무공을 공개하는 것이 합당하다 생각합니다. 일부를 취했으니 일부를 주셔야지요. 만약 그리하지 않으면, 사천당문이 멸문을 당했다고 해서 비도혈문이 완전히 본 교에 녹아들게 될 거란 보장이 없다는 의혹이 생길 겁니다."

"……."

"본 교는 철저히 개인주의인 만큼 쌍방 교환에 있어 민감합니다. 이를 무시하면 적자생존이 절대 법칙인 본 교에서 살아남을 수 있는 마인은 없습니다. 개인의 무공을 남들과는 다른 대단한 비밀이라 착각하고 홀로 마공을 연마하는 마인 중 높은 자리에 오르는 자는 없음을, 본 교의 천 년 역사가 말합니다. 자기만 특별한 능력이 있다고 믿는 자가 높은 자리에 오르는 경우는 마을에 파는 삼류 소설에서 찾으시면 됩니다. 역설적으로, 누구보다 낮은 자리에서 자기의 모든 것을 공유한 마인이 장로가 되고 교주가 됩니다. 고수가 되는 지름길은 남들과 다른 특별한 무공을 익히는 것이 아닙니다. 남들이 다들 익히는 평범한 무공을 남들과는 다른 특별한 깊이로 익히는 것이지요. 본 교나 구파일방의 주인들을 보면 잘 알 수 있지 않습니까?"

가슴을 후벼 파는 독설을 나긋하게 말하는 주하에게 혈적현은 뭐라 반박할 수 없었다. 이는 용안심공을 주력으로 사용하는 피월려도 느낀 것으로 두 남자는 뭔가 자존심을 짓밟힌 기분이었다.

몇 마디 말로 두 절정고수를 제압한 주하는 아무렇지 않는 듯 전방을 주시하다 말을 이었다.

"황태자가 나오는군요. 황궁제일미도 보입니다만."

두 남자는 그녀의 말을 듣고 자기만의 상념에서 벗어났다.

황태자는 몸에서 뿜어지는 금빛으로 그 자태를 제대로 볼 수도 없었다.

그리고 그의 옆에 다소곳이 걸어오는 황궁제일미 또한 온몸을 황금으로 도배한 것 같았다.

우와와와!

우와와와!

갑자기 전 방향에서 사람들이 소리를 지르기 시작했다. 무공에 관심 없이 그저 황궁제일미의 얼굴을 보기 위해서 이곳에 온 사람도 많았기 때문이다. 한없이 무성한 소문의 주인공이 눈앞에 나타나니 사람들은 자기도 모르게 감탄사를 지르게 되었다.

황태자와 황궁제일미의 뒤로 황족들이 나와 그들의 자리에 앉기 시작했다. 하지만 가장 앞에 있어야 할 황제의 자리는 공석이었다.

"역시 황제는 나오지 않는 건가? 수명이 다했다고 하더니, 정말인가 보군."

혈적현의 중얼거림에 피월려는 입을 굳게 다물었다. 이대로 진설린이 황태자와 혼인하면 절대로 닿을 수 없는 곳에 가버리는 것이다.

피월려는 황태자를 암살할 오늘 밤의 계획을 다시금 떠올리며 그가 죽는 장면을 상상했다.

그런데 갑자기 시끄럽게 무예관을 채우던 소음이 물에 씻긴 듯 사라졌다.

때마침 하늘을 날던 새의 울음소리가 들릴 정도로 무예관은 완전무음의 공간이 되었다.

그 중심에는 한쪽에서 막 모습을 드러낸 진설린이 있었다. 황태자나 황궁제일미와는 대조적으로 온통 흰색으로 몸을 치장한 그녀는 피월려도 본 적 없는 아름다움으로 무장하고 있었다.

이미 완벽한 그녀의 아름다움을 오랜 시간을 들여 치장하니 완벽을 넘어서는 아름다움을 갖추게 된 것이다.

무예관에 있는 모든 군중은 침묵으로 그 천상의 아름다움에 답했다. 인간의 언어로는 도저히 표현할 수 없었기 때문이다.

그녀의 뒤로 황룡무가의 가솔들이 나타나 모두 자리에 앉기까지 그 누구도 숨을 쉬지 못했다. 그러다가 한순간 하나같이 소리쳤다.

우와와와!

우와와와!

전과 비교될 정도의 소음. 아니, 그것을 넘어서는 소음이었다.

하늘이 진동하여 내려앉을 것같이 시끄러웠다.

귀족이라면 귀족인 군중들이 자기의 체면을 벗어던지고 고래고래 고함을 치고 있는 것이, 참으로 인상 깊은 장면을 연출하고 있었다.

한 남자가 무대의 중앙으로 걸어왔다. 그 남자는 양팔을 벌리고 조용하라는 시늉을 하며 군중을 진정시키느라 애를 먹었다.

노력은 곧 결실을 맺었고, 그 남자는 큰 목소리로 무예관에 모인 사람들에게 인사했다.

남자의 목소리는 진설린에게 집중된 사람들의 관심조차 되돌릴 만큼 박력이 있어서 중원 최고의 진행자임을 의심할 여지가 없었다.

그러나 그도 피월려의 관심을 뺏을 순 없었다. 피월려는 너무나도 날카로운 눈빛으로 황태자, 그리고 황궁제일미를 주시했다.

급하게 일정이 앞당겨진 만큼 조금이라도 의구심이 드는 행동을 할까 엿보려는 것이었다.

하지만 무의식적으로 자꾸 진설린에게 시선이 갔다.

자기가 그러고 있다는 것을 피월려는 스스로 깨닫지도 못했다.

인사와 소개는 계속됐다.

진행자가 이름을 부르면, 대상이 자리에서 일어나 손을 앞으로 뻗었고, 사람들은 환호로 화답했다. 자리한 황족의 숫자가 꽤 되는지라, 오랜 시간이 걸려 소개를 모두 마칠 수 있었다.

그는 황제의 빈자리를 가리키며 말을 이었다.

"지존하신 황제 폐하께서 이곳에 자리하지 못함을 유감스럽다고 전해달라 하셨습니다. 군중께서는 이해해 주시길 바라겠습니다."

모든 사람은 그 말을 듣자마자 자리에서 일어나 동쪽을 향해 고개를 숙였다.

"성은이 망극하옵니다."

관중들이 대부분 배운 자들이라 격식을 차린 것인데, 그것을 모른 피월려는 멀뚱멀뚱 주변만 살피고 있었다.

혈적현과 주하도 일어나 있었는데, 그들도 미묘한 시선으로 피월려를 내려다보고 있었다.

피월려는 헛기침을 하고는 자리에서 일어났다. 그런데 그 순간 다른 사람들이 마침 자리에 앉게 되어 그는 어중간한 자세로 뒷머리를 긁적였다.

또다시 헛기침을 하고 황태자를 보는데, 그 옆에 있던 황궁제일미가 피식 웃는 것을 보게 되었다. 그녀의 시선은 정확히 피월려를 향하고 있어, 그녀가 피월려를 발견했다는 것을 알 수 있었다.

"덕분에 위치가 발견되었군요. 감사합니다."

주하는 육포를 씹으며 중얼거렸다. 피월려는 세 번째로 헛기침을 했다.

"크흠. 황궁제일미는 천음지체이니 그 뛰어난 오성으로 발견한 것일 것이오."

"황궁제일미가 발견할 수 있었으면, 다른 이들도 충분히 발견했을 수도 있습니다. 백운회가 우리와 함께한다는 사실이 이토록 다행일 줄은 몰랐습니다."

"……."

"앞으로는 행동에 주의해 주시기 바랍니다."

"알았소."

핀잔을 들은 피월려는 입을 다물었다.

결승전은 바로 진행되지 않았다. 절정 이하의 무림인은 지속적으로 싸우기보다는 꽤 빠르게 승부가 결정 나는 경우가 많기 때문에, 이곳에 모인 군중과 황태자를 즐겁게 하기 위해서 다른 많은 순서가 앞에 있었다.

연극도 있었고, 특이한 동물을 보여주기도 했으며, 예인들이 나와 재주를 부리기도 했다.

그냥 결승전을 하지 않더라도 충분히 즐거웠다 말할 정도로 좋은 공연이 줄을 이었고, 사람들은 지루함을 모르고 관람했다.

시간이 흐르고 흘러서 결국 결승의 시간이 되었다. 진행자의 큰 소개와 함께 양쪽에서 두 사내가 걸어 나왔다. 한 명은 당연히 이운소였고, 다른 한 명은 조근추의 죽음으로 부전승한 인물이었다.

그 둘은 격돌했고, 싸움이 이어졌다. 칼날이 공중에서 춤을 추고 두 사내는 그 사이를 아슬아슬하게 누비면서 긴장을 고조시켰다.

당장에라도 피가 솟구칠 것 같고 팔다리가 떨어져 나갈 것 같은 팽팽한 상황에서 사람들은 마음을 졸이며 지켜보고 있었다.

그러나 피월려, 혈적현, 그리고 주하의 눈빛은 심드렁했다.

"조작이군."

피월려가 말하자 혈적현과 주하가 동시에 고개를 끄덕였다.

"계획대로 이운소가 이미 우승자로 내정된 것 같습니다."

주하의 말을 혈적현이 받았다.

"저건 황태자를 위한 연극이다."

피월려는 마음을 쓸어내리며 말했다.

"가장 염려했던 부분인데, 예외 없이 잘 진행되는 것 같군."

"혹시 모릅니다. 더 지켜봐야 합니다."

주하가 그 말을 하기 무섭게 그 둘은 갑자기 서로의 간격으로 들어서 놀라운 속도로 검을 주고받았다.

살벌한 칼소리가 무예관에 널리 퍼짐과 동시에 이운소의 상대가 뒤로 꼬꾸라지면서 검을 놓쳤다.

이운소는 재빨리 따라붙어 검을 양손으로 잡고 그 상대의 목에 검을 겨누었다.

오!

와와와!

사람들은 환호성을 보내며 이운소의 승리를 축하했고, 황태자도 손뼉을 치며 크게 기뻐했다. 하지만 그의 옆에 앉아 있던 황궁제일미는 단 한 번도 피월려에게서 시선을 거두지 않고 그를 직시하고 있었다.

할짝.

혀를 내밀고 윗입술을 느리게 핥는 황궁제일미의 유혹은 누가 봐도 의도적임을 알 수 있었다.

주하가 툭하니 말했다.

"역시 피 대원이시군요."

"……"

"하여간 염려한 부분도 잘 흘러간 듯합니다. 이운소가 우승자가 되었으니, 계획대로만 일을 진행하면 될 것입니다."

피월려는 끄덕이며 주하의 말에 동의했다.

*　　　　　*　　　　　*

약속한 축시가 되었다.

음양합일을 통해 몸 상태를 최상으로 만든 피월려는 마지막으로 운기를 마치고는 가부좌를 풀었다.

그가 침상을 보니, 뜻밖에도 진설린이 잠을 청하고 있지 않았다.

대신 이상하게 생긴 황금색의 공을 양손으로 만지작거리면서 아미를 연신 찌푸리고 있었다.

황태자를 암살하는 일은 인생을 모두 건 일인 만큼 피월려는 신중에 신중을 기하여 운기를 했기 때문에 대략 두 시진이 소요되었다.

그러니 적어도 그 정도의 시간 동안 진설린은 잠을 자지 않고 그 공과 씨름하고 있었던 것이 분명했다.

"그 황금색 공이 무엇이오?"

진설린은 피월려의 질문을 듣지 못했는지, 전혀 반응이 없었다.

그 정도로 깊이 집중하고 있던 것이다.

오성이 남다른 그녀가 이 정도로 집중하고 있다면 그 공은 필시 미내로가 가르쳐 준 마법과 연관 있는 것일 터였다. 피월려는 그의 인생이 완전히 뒤바뀔 오늘 밤, 그 기본적인 원인을 제공한 진설린이 그에게 아무런 관심이 없다는 사실에 못내 서운한 것을 넘어서 화가 날 것 같았다.

하지만 진설린은 한번 집중하면 도통 헤어 나올 줄 몰랐다. 특히 인형을 만들 때면 장난기가 많은 흑설도 건들질 못하곤 했다.

피월려는 자리에서 일어나 중얼거리듯 말했다. 어차피 그녀가 듣지 않을 것임을 알았기 때문이다.

"그럼 이만 다녀오겠소."

피월려가 막 걸어 나가려는데 그의 뒤에서 진설린의 목소리가 들렸다.

"암살하러 가시는 거죠?"

피월려가 돌아보니 진설린이 아련한 눈빛으로 그를 보고 있었다. 순간 당황한 피월려가 대답했다.

"그렇소만."

"월랑의 기운이 너무 비장해요. 제 집중을 끊을 만큼."

"방해했다면 미안하오."

"그 뜻이 아니라, 암살을 하러 가는 사람이 그런 기운을 내뿜으면 되겠어요?"

"……."

피월려가 말이 없자 진설린은 다시 황금색의 공을 만지작거렸다.

그녀가 힘없이 중얼거렸다.

"성공하세요. 월랑이 실패하시면 전 자결할 거니까."

황궁에 잠입하여 황태자를 암살하는 것.

피월려가 지금까지 걸어온 길은 온통 위험투성이였지만, 이번 일만큼 죽음에 가까운 일은 없었다. 백운회가 그를 암묵적으로 도와준다 한들, 황태자를 암살하는 일이 쉬이 넘어갈 일은 절대 아니다.

그 때문일까? 평소라면 절대로 마음속에서 끄집어내지 않았을 말을 피월려는 참을 수 없었다.

"나를 사랑하시오?"

"……"

피월려는 스스로가 미쳤다는 생각을 했다.

"실언했소."

그는 수치심에 고개를 돌리고 방을 나가려 했다. 그때 진설린의 말이 들려왔다.

"내가 자결하겠다는 의미는, 갇힌 생활을 절대 다시는 하지 않겠다는 거예요."

"……"

진설린은 의미를 알 수 없는 눈빛으로 황금색 공을 바라보았다.

"이 황금색 공은 미내로 스승님이 주신 거예요. 이 세상의 물질이 아닌 걸로 만들어져서, 면과 면이 간섭하지 않아 서로 통과하는 특이한 공이죠. 안쪽은 붉은색으로 되어 있는데, 이 공의 밖과 안을 완전히 뒤집어서 붉은색의 공으로 만드는 것이 바로 이 놀이의 목적이에요. 다만, 구멍을 만들어선 안 되고 찢는 것도 불가능하죠. 개봉에 와서 계속 시도했는데 아직도 못 풀었어요. 이것이 공간 마법의 기본 중 하나라는데 그 기본조차 이토록 어려우니 마법은 얼마나 어렵겠어요? 마법이란 학문은 깊어요. 보기만 해도 이해해 버리는 제 오성으로도 재미를 느낄 수 있을 만큼 말이죠."

"무슨 말을 하고 싶은 것이오?"

"재미라는 거… 전 잘 몰랐어요. 평생 느껴보지 못한 감정이에요. 살고 싶다는 생각이 처음으로 들었죠."

피월려는 침을 삼키고는 조용히 물었다.

"음양합일도 그저 재밌는 일이시오?"

"네. 마법보다 더 재밌는 유일한 것이죠."

"……."

"잠을 청하지 않겠어요. 오늘 밤 여기서 기다릴게요. 성공하시고 돌아오세요."

진설린의 목소리에는 아무런 감정이 없었다.

피월려는 침묵했다.

그의 몸을 감싸던 비장한 기운이 점차 내려앉았고, 고요해졌으며, 결국 침상이나 식탁과 같은 딱딱한 가구처럼 아무런 기운도 내비치지 않게 되었다.

피월려가 나지막하게 말했다.

"고맙소."

"뭘요."

"다녀오겠소."

"네. 수고하세요, 월랑."

피월려는 가벼운 발걸음으로 방문을 나섰다.

그의 방문 앞에는 혈적현과 주하가 기다리고 있었다.

"준비는… 다 된 것 같군."

"……."

피월려의 눈빛에는 아무것도 담겨 있지 않았다.

사람의 눈이 아니라 벽에 뚫어놓은 구멍이라 착각할 정도였다.

혈적현과 주하는 둘 다 경이로운 눈빛으로 그를 보았다.

황궁에 잠입하여 황태자를 암살하는 일은 노련한 암살자인 혈적현과 주하도 긴장되는 일이다.

그런데 암공을 전혀 익히지 않은 피월려가 이 정도의 차분함을 보이는 것은 가히 본받아 마땅한 것이었다.

때문에 덩달아 주하와 혈적현의 눈빛도 더욱 고요해졌다.

피월려가 말했다.

"가자."

그들은 빠른 걸음으로 천낙금원을 나섰고, 가장 가까운 배에 몸을 실었다. 백운회의 것으로써 그 안에는 이미 많은 백운회의 고수가 타고 있었고, 유한도 그들을 거기서 기다리고 있었다.

강 위로 천천히 움직이는 배 안에서 피월려, 수하, 혈적현, 그리고 유한이 한 방에 있었다.

느린 유속을 따라 움직이는 배에서 삐걱거리는 소리가 연속적으로 들렸다.

유한은 옆에 있던 술을 피월려에게 건네며 말했다.

"필요한가?"

피월려는 고개를 돌렸다.

"됐어. 사람 하나 죽이자고 술을 마시다니. 파락호도 아니고."

"사람 하나가 아니라 대명제국의 황태자다."

"그도 사람이지."

"……."

유한은 그의 뒤에 있는 주하와 혈적현을 한번 흘겨보고는 말했다.

"장군께서 네 유일한 약점이 뭐라고 말하셨는지 아나?"

"뭔데?"

"바로 다른 사람을 절대 믿지 않는다는 것이다. 독불장군은 절대로 뜻을 이룰 수 없지."

피월려는 유한의 말을 이해했다.

"내가 이 두 명을 시키는 것이 아니라 직접 움직이는 걸 지적하는 건가?"

"그렇다. 왜 뒤의 두 사람에게 맡기지 않고 직접 참여하는 거지? 넌 암공도 모르잖아. 머리가 비상하니 그냥 여기 남아서 고문(顧問)하는 편이 나을 텐데?"

피월려가 직접 움직여야 하는 이유는 다름 아닌 황궁제일미다.

비정상적인 정신 상태 때문에 변수가 많은 그녀가 피월려의 얼굴을 보지 않고 계획대로 움직여 줄지 미지수다.

그 사실을 모르고 질문을 하는 유한은 자세한 계획을 모르는 것이다.

그렇다면 그냥 모르는 대로 두는 것이 좋다.

그런데 그가 말하는 지휘는 무엇을 말하는 건가?

피월려가 물었다.

"오늘 밤에 바로 반란을 일으키는군. 네가 반란군을 지휘하나?"

"백운회에 한해서는."

"대장군에게 깊은 신임을 받고 있군. 이유가 뭐지?"

"혈연이다."

"……."

"눈치챈 줄 알았는데."

"아니, 전혀."

"그랬나? 뜻밖이군. 네 눈썰미로 그걸 파악하지 못하다니."

"생각조차 못 했으니까. 아무리 오성이 뛰어나고 하늘이 내린 천재라도 보지 못하는 게 있게 마련이야."

"큭. 큭큭큭. 크큭."

피월려의 농에 유한은 낮게 웃었다.

어느덧 배가 황궁 안에 도착했다. 피월려와 혈적현 그리고 주하는 백운회의 복장을 입고 그들로 위장했다.

막 배에서 내리려는데 유한이 그의 뒤에서 말했다.

"살아남아라. 오늘은 대의(大義)를 위해서 널 놔주지만 넌 내 손에 죽어야 한다."

"……."

"내 부하의 복수는 절대 잊지 않는다."

유한은 그렇게 말하고 배 안으로 들어갔다. 피월려는 일부러라도 그에게서 관심을 끊었다. 이제는 정말로 시작이니 말이다.

그들은 먼저 백운회의 무리에 섞여서 황궁에서 중앙쯤에 위치한 백운회관까지 들어섰다.

황궁의 호위를 책임지는 백운회의 무사들이 교대하여 쉬는 곳으로, 피월려 일행이 쉽게 잠입할 수 있는 가장 깊은 곳이었다.

이후에는 따로 움직여야 한다.

피월려와 주하, 그리고 혈적현은 위장을 벗어던지고 몸에 딱 달라붙는 검은 옷으로 갈아입었다. 그리고 조용히 방 안에서 기다렸는데, 곧 한 백운회 고수가 방문을 열고 피월려에게 말했다.

"연락이 왔습니다. 북쪽 별궁입니다."

피월려는 눈을 감고 머릿속에 기억해 둔 지도를 앞에 펼치듯 상상했다.

그리고 백운회관에서 북쪽 별궁까지의 길을 탐색하여 가장 안전하고 빠른 길을 모색했다.

그가 눈을 뜨자 혈적현과 주하도 생각을 맞췄는지 그를 보고 있었다.

피월려가 말했다.

"중화전(中和殿)을 지나서 문화전(文華殿), 그리고 어화전(御花園)으로 침투 후 북쪽으로 넘어가는 게 좋을 듯하다."

주하가 그의 말을 듣고 말했다.

"어화전이라면 내정(內廷)입니다. 내정의 경계는 삼엄하기 그지없습니다만."

황궁의 구조는 크게 두 분류로 나누는데, 황족이 기거하며 생활하는 안쪽으로는 내정이라 하고 바깥쪽으로 외조(外朝)라 한다.

경계태세에 있어 내정은 외조와 하늘과 땅 차이다.

혈적현이 피월려의 생각을 읽고는 그에게 물었다.

"황제가 기력이 없어 어화전은 거의 방치되나시피 할 거라는 거지?"

"어."

"하지만 그건 위험하긴 해. 일단 내정이긴 하니, 호룡군(護龍軍)이 지키고 있을 가능성이 커."

호룡군은 황제 직속의 호위무사 집단으로 그 구성이 완전히 기밀인 비밀 사단이다. 소수정예로 이뤄져 있는데, 무림의 고수가 차출되기도 한다.

피월려가 대수롭지 않다는 듯 말했다.

"가는 길에 암살하면 그만 아닌가?"

그들의 말을 가만히 듣고 있던 백운회 고수가 입을 열었다.

"호룡군의 무서운 점은 개개인의 실력이 아니라 신속한 연락망과 깊은 유대감에 있습니다. 그들 중 한 명을 따로 암살하는 것은 불가능에 가까우며 성공하더라도 반각이 되지 않아 황군에 의해 포위될 것입니다."

피월려는 혀를 찼다.

"외조로 돌아간다면 너무 많은 시간이 걸려. 호룡군을 상대하는 한이 있더라도 어화전으로 움직여야 돼."

주하가 턱을 괴고는 말했다.

"그렇다면 아무도 죽이지 않고 은밀히 움직여야 합니다. 그것도 사실 불가능에 가깝습니다."

"어화전이 오랫동안 방치되었소. 그러니 그만큼 호위도 허술할 것이오."

"그렇다 한들 전 반대합니다. 내정까지 들어가는 건 너무 위험부담이 큽니다. 애초에 오늘로 날짜를 잡은 이유는 황태자가 내정에서 나와주기 때문입니다. 만약 내정에 들어갈 생각이었다면 오늘로 날짜를 잡은 의미가 없습니다."

"……."

그녀의 말에 일리가 있었다. 피월려는 잠시 말없이 고민했다. 일행은 그가 생각을 마칠 때까지 기다렸고, 피월려는 곧 입을 열었다.

"외조로 돌아가는 게 늦는 이유는 바로 나 때문이지."

혈적현이 물었다.

"그래서?"

"나를 제외하고 너와 주 소저만 간다면 내정을 거쳐서 가는 것만큼이나 빠르게 갈 수 있잖아? 외조에서 너희의 움직임을 눈치챌 만한 자들은 백운회의 고수밖에 없으니, 경공(輕功)으로 움직이면 충분히 빠르게 도착할 수 있을 거야."

"그래 봤자 네가 오지 않으면 의미가 없어. 네가 없이는 황궁제일미가 어떻게 나올지 아무도 몰라."

"그러니까, 나만 내정으로 움직이면 되잖아."

피월려를 제외한 세 명이 하나처럼 놀랐다. 주하가 물었다.

"홀로 가신단 말입니까?"

피월러가 고개를 끄덕였다.

"그렇소."

주하는 즉시 반박했다.

"창의적인 생각입니다만 문제가 두 가지 있습니다. 첫째, 피 대원 홀로 잠입에 성공할지 미지수입니다. 둘째, 경공을 펼쳤을 때 우리의 움직임을 간파하는 자가 백운회 고수 외에 있을 수 있습니다."

"첫 번째는 나 혼자 환관으로 위장하면 될 일이고. 두 번째는 주 소저의 움직임을 간파할 자가 없다고 보오."

"홀로 환관으로 위장하는 것이 세 명이서 환관으로 위장하는 것보다 더 좋은 점이 무엇입니까? 또한 외조에 홀로 무공을 익혀 고수가 된 환관들이 있을 수 있습니다."

"한쪽이 발각되었을 경우, 다른 쪽에서 임무를 계속 수행할수 있다는 점이 있고, 또한 환관도 반란에 동참했으니 간파하여도 넘어갈 것이오."

"사전에 조율되지 않은 것입니다."

"그래도 괜찮소. 눈치로 먹고사는 게 환관이니 충분히 우리 쪽의 사정을 이해할 것이오. 계속 반대하실 거면 이보다더 좋은 생각을 말씀해 보시오."

"……."

주하는 피월려의 생각에 동의하지 않았지만, 그가 생각한 것보다 더 좋은 계획은 없었다. 백운회 고수는 논의가 끝났다는 것을 직감적으로 알고는 피월려에게 말했다.

"그러면 경험 많은 환관을 부르겠습니다. 낙성혈신마께서는 환관으로 위장해 주십시오. 의복은 저 사람에 있을 겁니다."

"알겠소. 주하, 그리고 혈적현. 너희는 먼저 가. 그게 좋을 것 같아."

혈적현과 주하는 머뭇했지만, 피월려의 의지를 꺾을 수 없다고 생각했다. 그의 눈빛은 확신에 가득 차 있어 바라보는 것만으로도 덩달아 확신이 생길 것 같은 수준이었다.

혈적현은 고개를 끄덕이며 밖으로 나갔다.

"무운을 빈다."

"조심하십시오."

주하도 따라 나갔다.

피월려는 환관의 복장으로 갈아입으며 환관이 오기를 기다렸다.

곧 누군가 방 안으로 들어왔는데, 늙은 주름이 이목구비를 반쯤 덮어버린 늙은 환관이었다.

마치 두꺼비를 연상케 했는데, 여우 같은 눈매를 가지고 있었다.

"자네로군. 살수가."

환관 같지 않은 굵은 목소리였다.

피월려는 포권을 취했다.

"그렇습니다."

"내가 무엇을 도와주면 되는가?"

"어화전을 통해 북쪽 별궁으로 갈 생각입니다."

피월려는 환관의 복장을 한 상태였다. 늙은 환관은 그것과 피월려의 말을 듣고는 모든 상황을 유추해 냈다.

그가 말했다.

"옷을 벗게."

"……."

"엉터리로 입었군. 젊은 환관이 그렇게 입고 황궁을 돌아다 니다간 뭇매 맞기 십상이지."

피월려는 늙은 환관의 도움을 받아 환복을 깔끔하게 입었 다.

그 늙은 환관은 그의 몸을 이곳저곳 확인한 후에 말을 이 었다.

"시선을 항시 땅에 두게. 순응력이 뛰어나나 무림인의 눈빛 만큼은 어쩔 수가 없군."

"알겠소."

늙은 환관은 긴 장대에 매달린 등불을 피월려에게 건네주 며 말했다.

"반 보 뒤 오른쪽에서 이 등으로 내 앞 길을 밝히며 걸어야 하네. 내정의 바닥은 의도적으로 소리가 나게끔 되어 있기 때문에, 섬기는 자는 상전과 발을 맞추어 하나의 발소리를 내는 것이 기본예절이네."

"비스듬히 걸어야 한단 말입니까?"

"무림인이니 잘할 거라 믿네."

"……."

"가세. 시간이 없다 들었네."

늙은 환관과 피월려는 즉시 길을 나섰다. 외조를 지날 때는 환관이나 백운회 고수, 그리고 일반 황군과 심심치 않게 마주쳤는데, 환관과 백운회 고수는 모른 척했고, 황군들은 일말의 의심도 하지 않았다. 때문에 그들은 손쉽게 어화전의 입구에 당도할 수 있었다.

둥그런 형태로 뚫려 있는 문은 테두리에 붉은색을 칠함으로써 그곳이 내정이라는 것을 말해주고 있었다.

그 앞에는 환한 불을 양쪽에 피워두고, 일반 황군이 아닌 두 호룡군이 지키고 서 있었다.

창 대신 검을 허리에 차고, 육중한 갑옷을 입은 그들은 당장 무림에 내놓아도 전혀 부족하지 않을 만한 기세를 내뿜고 있었다.

"어허, 시선을 조심하게."

피월려는 황급히 눈길을 땅으로 내렸다. 만약 늙은 환관이 피월려에게 알려주지 않았다면, 호룡군이 피월려의 위장을 바로 눈치챌 수도 있었을 것이다.

그들이 입구에 가까이 오자 호룡군 중 한명이 늙은 환관에게 말했다.

"이 야심한 시각에 어인 일이십니까?"

"은밀한 명이 있었네. 말할 수 없으니 사정을 봐주게."

호룡군은 눈을 딱 감았다.

"그러면 들어가실 수 없습니다."

늙은 환관은 얼굴을 찌푸렸다.

"이상하군. 무슨 일인가? 내 잠시 어화전에만 들르면 되는데 말이지."

"죄송하지만 들어가실 수 없습니다."

호룡군의 목소리는 단호했다. 늙은 환관은 잠시 그의 표정을 살피더니 말했다.

"어차피 아무도 오지 않는 어화전에 잠깐 들리는 것인데 이리도 강하게 나오니 내 하는 수 없어 말하겠네."

"무슨 뜻입니까?"

"안에 계신 분께서 나를 찾으신 것이네."

"……"

"어허……. 내가 그분의 존함까지 직접 입으로 말해야 되겠는가?"

지금껏 말을 하던 호룡군이 그의 옆에 있는 동료를 보았다. 서로 시선이 오가고 곧 늙은 환관에게 길을 비켜주며 말했다.

"서두르셔야 합니다."

"걱정하지 마시게."

호룡군은 피월려에게 전혀 신경 쓰지 않았다. 문에서 한참을 지나, 발소리만이 들리는 적적한 곳에 이르자 피월려는 먼저 그에게 묻지 않을 수 없었다.

"어화전에 누가 있다는 말은 왜 하지 않으셨습니까?"

늙은 환관이 조용히 대답했다.

"호룡군과 대화하기 전까지 나도 몰랐네."

"……."

"하지만 누군지 짐작은 가는군. 큰 문제는 없을 것일세."

늙은 환관의 목소리에는 아무런 걱정도 없었지만, 피월려는 마음속에서 일어나는 의심을 지울 수가 없었다.

이대로 함정에 빠지는 것이 아닌가 하는 생각과 함께, 그냥 이 환관을 죽여 버리고 북쪽 별궁으로 홀로 갈까 하는 생각까지 들었다.

그런데 문득 어둡기만 했던 어화전 한쪽에서 불빛이 흔들거리는 것이 보였다.

금방이라도 꺼질 듯한 촛불이었는데, 그 앞에 한 남자가 정좌하고는 굵은 서책을 읽고 있었다.

늙은 환관은 보자마자 즉시 그에게로 방향을 틀었다. 피월려도 속으로 내력을 모으면서 일단은 따라가 보았다.

남자는 그들의 기척을 느끼고 고개를 돌려 그들을 보았다. 깔끔한 인상과 더불어 청아한 눈빛을 소유한 미남자였다. 그는 읽던 서책을 옆에 접어두고 피월려를 내려다보며 딱딱한 어조로 말했다.

"조 공과 함께 있는 것을 보니… 이자가 살수이군."

조 공이라 불린 늙은 환관은 무릎을 꿇으며 고개를 푹 숙였다.

피월려도 눈치껏 그를 따라하며 몸을 웅크렸다.

조 공이 조용한 목소리로 말했다.

"삼황자를 뵙습니다. 만세, 만세, 만만세."

만세 삼창은 황제에게만 허락된 것이다. 삼황자는 피월려에게 눈빛을 고정하며 말했다.

"조 공, 아직 이르오. 그건 내일 받겠소."

지극히 차분한 목소리였다.

역천(逆天)의 역사가 써지는 오늘 밤, 태풍의 핵은 너무나도 고요했다. 조 공은 숨을 죽이고 있다가, 불현듯 의문이 들어 물었다.

"한데 저하. 어찌하여 이곳에 계시옵니까? 출궁하시지 않으셨습니까?"

"만나고 싶은 자가 있어 남기로 했소. 형님을 향한 나의 칼인데, 내가 직접 보긴 해야지."

"하지만, 일이 잘못되면……."

삼황자는 조 공의 말을 잘랐다.

"죽을 것이오. 운명에 따라야지."

"……."

"살수는 고개를 들어라."

내력은 전혀 없었지만, 이상하리만큼 거부할 수 없는 힘이 담긴 목소리였다. 피월려는 자기도 모르게 고개를 들어 삼황자를 보았다.

삼황자도 피월려도 눈빛이 고요했다. 그리고 그들은 서로의 고요함을 보고 감탄했으며, 또한 서로 동시에 감탄했다는 것까지도 알게 되었다.

"실패할 인물이 아니군……. 형님께서는 좋은 분이시다. 최대한 간결하게 부탁하겠다."

"존명."

피월려는 포권을 취하며 고개를 숙였다. 삼황자는 서책을 다시 펼쳐 들었다.

"나는 날이 밝을 때까지 이곳에 있을 터이니, 모든 일이 끝나거든 나를 찾으러 오거라."

"외람된 말씀이오나, 출궁을 한 번 더 재고하심이 어떠신지요."

"황제는 하늘이 선택하는 법이오, 조 공. 하늘이 나를 버린다면 궁 밖이라도 죽을 것이고, 하늘이 나를 선택한다면 궁 안이라도 살 것이오."

"……."

거만한 황자들 중 늙은 환관에게 이토록 차분하게 반박하는 자는 없다.

막무가내로 소리를 치거나 고집을 부릴 뿐이다.

조 공은 다시 한번 삼황자에게서 다시금 황제로서의 가능성을 확인했다.

"어서 가보거라."

삼황자가 단호한 명을 내렸다.

"명을 받들겠습니다."

조 공이 즉시 자리에서 일어나 걸음을 옮기려 했다. 그러나 피월려는 그 자리에 우두커니 서서 좀처럼 움직이려 하지 않았다. 조 공이 뭐라 말하기 바로 직전, 피월려가 삼황자에게 질문했다.

"제가 이곳을 지나리란 것을 어떻게 아셨습니까?"

삼황자는 서책에서 눈길을 거두지 않으며 대답했다.

"흐름이 그렇더군."

"……."

"시간이 없을 텐데?"

피월려가 잠시 말이 없다가 마지막 인사를 건넸다.

"황제가 되시고 나서 꼭 한 번 다시 뵙겠습니다."

피월려는 몸을 돌렸다. 삼황자는 그제야 피월려를 보았는데, 그의 뒷모습을 바라보는 눈길이 미묘하기 그지없었다.

뜻밖의 만남을 뒤로, 그들은 어화전을 벗어날 수 있었다. 어화전은 말 그대로 텅텅 비어 있어, 북쪽으로 나갈 때까지 단 한 명도 만나지 않았다.

나가는 것도 손쉬웠다. 이미 보고를 받은 호룡군이 어화전에서 나오는 그들을 자연스럽게 보내주었기 때문이다.

피월려는 정해진 시각보다 조금 늦게 북쪽 별궁 입구에 도착했다. 이상하게 그 주변에는 그 누구도 보이지 않았다.

"나는 가보겠네. 일을 꼭 성공시키게."

조 공은 피월려에게 그렇게 말하고는 몸을 돌려 어디론가 사라졌다. 피월려는 몸을 귀찮게 하는 환관의 복장을 모두 벗어던지고, 북쪽 별궁 입구에 들어섰다.

제오십사장(第五十四章)

눈에 즉시 들어온 것은 한쪽에 싸인 황군의 시체 더미였다. 총 세 구로, 그 모든 시신에서는 조금의 핏물도 밖으로 나오지 않고 있었다. 때문에 피 냄새조차 나지 않은 것이다. 그 숫자가 많지도 않았고 실력도 별 볼 일 없었기 때문에, 피월려를 기다리는 짧은 시간 동안 주하와 혈적현이 모두 처리할 수 있었다.

"늦었군."

혈적현이 한쪽 벽에서 나타나며 말했다. 주하도 그의 옆 건물 그림자에서 올라와 모습을 드러냈다.

피월려가 물었다.

"안에는?"

"황궁제일미가 기다리고 있다. 황태자는 아직 도착하지 않은 듯하고."

"그럼 시체는 미리 치워둬야겠네. 황군으로 위장하기도 해야 하겠고."

"그건 우리가 할 테니 넌 안에서 황궁제일미를 만나라. 몰래 봤는데, 네 이름을 부르며 이를 갈고 있더군. 금방이라도 박차고 나올 기세야."

"……."

"서둘러."

피월려는 고개를 끄덕이고는 급히 뛰어서 별궁 내로 들어 갔다. 그런데 별궁 안은 어떤 건물로 된 것이 아니었다. 굵직한 나무로 이루어진 숲이 덩그러니 시작되었고, 그 중심에 꼬불꼬불한 길이 복도처럼 이어져 있을 뿐이었다. 복도 양옆에 놓인 등불이 일정한 간격으로 밝혀주고 있었으나 위에는 완전히 뚫려 있어 밤하늘이 보였다. 그 구조는 기둥만 있고 천장이 없는 형태로 되어 있어 숲속을 걷는 기분이 들었는데 산보를 하기 딱 좋았다.

그렇게 내부 끝에 들어서니, 마치 한적한 공터 같은 곳이 나왔다. 주변은 나무로 뒤덮여 있었으나, 그리 빼곡한 정도까진 아니어서 남쪽으로 멀리 황궁의 모습이 보였다. 그런데 그 정중앙에는 이곳에 전혀 어울리지 않는 거대한 크기의 침상이 놓여 있었다. 침소에 있어야 할 것이 마루에 있는 느낌이었다.

그 위로는 표독스러운 눈빛으로 피월려를 응시하는 황궁제일미가 반라로 서 있었다.

천음지체가 가진 천상의 미(美).

그녀는 완전히 죽어버린 피월려의 마음을 한순간 동하게 할 정도로 아름다운 모습이었다.

"너! 늦었어!"

그녀의 앙칼진 목소리에 피월려가 고개를 조아렸다.

"죄송합니다."

그녀는 침상에서 껑충 뛰더니 당장 피월려에게로 달려들었다. 그리고는 그의 옷을 사정없이 벗기는데, 피월려가 내력을 사용해서 막아야 할 정도로 막무가내였다.

"자, 잠시. 황태자가 불시에 들이닥칠 수 있습니다."

"상관없어. 보라지. 실속 없는 그놈은 좀 배워야 돼."

"……"

"당장 안 벗어? 나 소리 지를 거야? 뛰쳐나가서 계획을 다 발설해 버릴 거라고!"

그렇게 되면 이상함을 느낀 황태자는 그를 호위하는 호룡군과 절대로 떨어지지 않으려 할 것이다. 황태자가 홀로 남게 되는 유일한 상황은 이곳에서 황궁제일미와 성교를 할 때뿐이니, 어떻게 해서든 그 상황을 만들어야 했다.

피월려는 하는 수 없이 옷을 벗었다.

"약속하십시오. 황태자가 오면 바로 중단하겠다고."

황궁제일미는 어린아이처럼 고개를 끄덕였다.

"물론이야. 아… 이게 얼마 만인지……"

"……"

피월려는 극양혈마공을 일으켜 양기를 모았다. 음양합일을 준비하려고 용안심공까지 동원했고, 이 모든 것은 가장 빠른 시간 안에 황궁제일미의 갈증을 해소하기 위함이었다.

정말 불같이 짧고 강렬한 순간 세 번이 지나자, 황궁제일미가 처음으로 그를 놔주었다.

"됐어, 이 정도면. 이젠 참을 만해."

피월려는 내력의 고갈을 느낄 만큼 지쳐 버렸다. 그는 한숨을 딱 쉬고는 말했다.

"전 침상 아래 있겠습니다. 황태자가 오면 자연스럽게 연기해 주시길 바랍니다."

"걱정 마."

"그럼 준비한 것은 가지고 계십니까?"

황궁제일미는 까먹은 것을 생각해 낸 듯 박수를 한번 탁

하고 치더니 침상 한쪽에 놓인 은장도를 집어 피월려에게 건네주었다.

"어머니께서 주신 거니까, 부러뜨리면 절대 안 돼. 부러뜨렸다간 네놈의 남근도 부러뜨려 버릴 테니까 그리 알고."

"……."

피월려는 은장도를 집어 들고 침상 아래로 기어들어 갔다. 그 아래서 누워 티가 나지 않을 만큼 운기를 하는데, 복도 쪽에서 들려오는 발소리를 듣고는 운기를 멈추었다.

"오셨어요, 주인님."

황궁제일미의 목소리는 피월려를 대할 때와는 완전히 다른 종류의 것이었다. 청순함과 순수함이 겉에 잔뜩 칠해진 것 같았다. 그냥 다른 여자가 소리를 내는 것이라 생각해도 과언이 아닐 정도다.

"기다렸느냐? 아하하! 내 마지막으로 네년을 즐겨주마!"

황태자의 목소리. 웃음소리만 들어도 광오함이 느껴졌다.

"마지막이라니요. 소녀는 서운해요, 주인님. 소녀를 버리지 말아주세요."

"크핫! 그래, 그래. 걱정하지 말거라. 혹시 또 모르지. 낙양 촌년이 내 남성을 식혀주지 못할지도. 어서 오거라. 오늘 이곳에 은밀히 오기 위해서 얼마나 고생했는지 아느냐?"

침상은 즉시 삐걱거리기 시작했다. 그렇게 일다경 정도가 지났다.

삐이이이익!

둥! 둥! 둥!

육중한 북소리와 함께 귀가 찢어지는 듯한 소리가 희미하게 들렸다.

그것은 황제의 신변이 위험할 때만 울리는 소리로서, 모든 호룡군을 황제에게로 불러들이는 지상 명령과도 같았다.

반란이 시작된 것이다.

생각보다 너무 일렀다.

황태자를 따라왔던 호룡군들은 즉시 황태자의 신변을 보호해 황궁으로 돌아가려 할 것이다.

한 가지 희소식이라면 황태자의 신음 소리에는 변화가 없었다는 것이다. 삐걱거리는 침상의 움직임도 그대로였다. 아마 계획대로 황궁제일미가 황태자의 귀를 막고 있는 것이 분명했다.

피월려는 황태자의 신음 소리가 이성의 영향에서 벗어난 것을 간파하고는 즉시 침상 아래에서 나와 빠르게 은장도를 휘둘렀다.

"헛!"

쾌락에 취한 황태자의 눈동자가 급격하게 커졌다. 그리고 그 즉시 그의 몸이 붕 떠올랐는데, 그것은 무공을 익히지 않은 자가 절대로 보일 수 없는 움직임이었다. 하지만 황태자는 정신이 온전치 못한 상태에서 기습적으로 펼친 절정고수의 일격을 완전히 막지 못했다.

"크아악!"

그의 목에 파고든 은장도가 대동맥을 가르기 직전, 옆으로 미끄러지며 황태자의 성대를 도려냈다. 그나마 본능적으로 움직인 덕에 목숨 대신 목소리를 잃어버린 것이다. 하지만 그 목숨도 오래 가진 못할 것을 황태자는 직감했다. 그는 정신이 아득해지는 고통에 양손으로 목을 막고 발길질을 해대며 자리에서 벗어나려 했다. 피월려는 침착하고 빠르게 은장도를 휘둘러 양발의 힘줄을 끊어놓았다. 황태자는 소리도 지르지 못하고 걷지도 못하는 신세가 되어 침상 아래로 굴러 떨어졌다.

피월려가 그의 목숨을 따내기 위해서 막 움직이려는 찰나, 황궁제일미가 그의 어깨를 붙잡았다.

"지금! 지금이야……."

"가, 갑자기 무슨?"

하지만 그녀는 놓을 생각이 없는 듯했다. 오히려 손톱이 피월려의 어깻죽지에 파고들 만큼 세게 잡았다.

"저 씹어 먹을 놈이 죽기 전에 보여줄 거야! 내가 다른 남자랑 자는 모습을 말이야."

"그, 그게 뭔 소리이오?"

"얼른! 얼른 나를 품어! 나를 품으라고! 지금! 당장!"

완전한 광기로 물들은 천음지체의 눈빛은 용안심공으로도 차마 대처할 수 없을 만큼 괴란했다. 피월려는 퍼뜩 정신을 차리고 어깨를 크게 돌려 그녀의 손길을 뿌리쳤다. 그리고 은장도를 황태자의 두개골에 내리찍기 위해서 머리 위로 들었다.

그때였다.

피월려의 몸이 완전히 굳은 것은.

그나마 전신 중 움직일 수 있던 것은 오로지 눈동자.

본능적으로 남쪽을 향한 눈동자로 피월려는 보았다.

고요한 바람을 타고 흐르는 검강(劍罡)을.

뎅강!

피월려가 들고 있던 은장도가 두 동강이 났다. 만약 휘둘렀다면 그의 손이 잘려 나갔을 것이다.

피월려의 눈동자는 검강이 날아온 그 뒤를 보았다. 그곳에는 가공할 기운을 품은 이운소가 빛과 같은 속도로 달려오고 있었다.

백 장.

피월려는 눈을 깜박였다.

오십 장.

피월려는 생각을 시작했다.

이십 장.

피월려는 생각을 끝마쳤다.

한 보(步).

피월려는 팔을 움직였다. 아니, 움직이려 했다. 하나 몸은
완전히 굳어 미동조차 하지 않았다. 근육과 뼈가 일시적으로
마비된 것 같았다.

움직여야 한다.

피월려는 순간적으로 극양혈마공을 일으켜 왼팔로 내력을
보냈다. 그의 왼팔에 난 모세혈관은 모두 터졌고, 굵직한 동맥
은 대략 다섯 배는 팽창하여 피부 위로 괴기스럽게 튀어나왔
다. 기능을 멈춘 근육과 뼈 대신 내력과 혈관의 압력으로 움
직이려는 것이었다.

청량한 기운을 품은 장검이 피월려의 목에 겨누어진 것과
동시에 피월려의 왼손이 뱀처럼 꺾이면서 황궁제일미의 심장
에 파고들었다. 황궁제일미는 자기의 죽음을 믿을 수 없는지
눈을 동그랗게 뜨고는 피를 연신 토해냈다.

"하아. 하악. 허헉."

그녀는 원망과 허무가 동시에 담긴 눈빛으로 피월려를 응시
하며, 모래성처럼 허물어졌다. 이운소는 손날을 들어 피월려
의 무릎을 내려쳤고, 다리가 제 기능을 잃어버리며 그는 강제
적으로 무릎을 꿇었다.

그 광경을 무심한 눈길로 지켜보던 이운소가 피월려의 목에 겨눈 칼에 검강을 담으며 중얼거렸다.

"아… 이제 이해가 간다. 설마 그 짧은 시간이 그런 생각을 했을 줄이야."

"……."

검신에 실린 검강이 피월려의 목 주변 살을 조금씩 태우기 시작했다. 극한의 고통이 느껴졌지만, 피월려의 정신은 이미 용안심공을 통해서 육체와 동떨어진 상태였다.

피월려는 힐끗 이소운의 검을 보았다. 검강이 검에 채워진 채로 유지되고 있으니 분명한 강기충검(罡氣充劍)이다.

검강의 초진동.

이걸 땀방울 하나 없이 펼치는 건, 입신의 경지에 이른 자가 아니곤 불가능하다.

피월려는 미동도 하지 않으면서 이운소에게 물었다.

"천하제일고수… 검선 이소운 되십니까?"

이운소, 아니, 이소운은 방긋 웃었다.

"그래."

"……."

설마 했지만, 진짜라니. 피월려는 할 말을 찾지 못했다. 그를 이상한 눈길로 보던 이소운이 검강을 거두며 말했다.

"왜 이렇게 놀라나? 이미 그것을 눈치챈 것 아닌가? 그래서 황태자를 죽이기를 즉시 포기하고 황궁제일미를 죽인 것이지. 아닌가?"

백 장.

그렇게나 먼 거리를 날아와 은장도를 두 동강 낼 만큼 강력한 검강을 쏘아 보낼 수 있는 존재는 입신의 고수라 할지라도 비현실적이다. 오로지 유풍살(柔風殺)의 수법을 극한으로 익힌 무당의 고수만이 가능한 것이다.

이는 이소운이 나타난 시점부터 피월려가 어떠한 수단을 동원할지라도 황태자의 목숨을 취하는 것이 불가능하다는 뜻이다. 이소운과는 백 장의 거리나 떨어져 있고, 황태자와는 채 한 장의 거리도 안 되지만, 유풍살을 자유자재로 구사하는 입신의 고수 앞에서는 피월려가 하는 모든 행위는 무의미하다. 그냥 그대로 죽는 수밖에 없다.

그렇다면 피월려는 남은 짧은 생애 동안 무엇을 할 수 있을까? 그는 고민했고, 곧 황궁제일미를 죽여야 한다는 답을 얻었다.

백도무림은 황궁제일미를 통해서 황태자를 자유자재로 부릴 생각이다. 우승자가 된 이운소가 천마신교의 첩자가 아니라 천하제일고수 검선 이소운이라면 모든 것이 백도무림이 그린 그림대로 흘러간 것이다. 따라서 그거라도 부수기 위해서는 그 중심이 되는 황궁제일미를 죽여야 한다. 이소운은 그가 어떻게는 황태자의 암살을 끝마치려 할 것이라 예상할 테니, 갑자기 옆에 있던 애꿎은 황궁제일미를 죽이려는 것을 간파할 수는 없을 것이다.

피월려의 예상은 적중했고 덕분에 황궁제일미라도 죽일 수 있던 것이다.

이소운이 말을 이었다.

"조화경(造化經)을 이루고 찰나를 셀 수 있게 된 나조차도, 네가 순간적으로 황궁제일미를 죽인 것을 보고 의문을 품었다. 오랫동안 의문이란 것을 품어보지 못해서 그런지, 나름 꽤 신선한 느낌이었어. 그 점은 감사하지."

피월려는 희망을 포기했다. 입신의 고수 앞에서 무슨 희망을 품으랴.

"죽이려거든 빨리해 주십시오."

"네게 좀 더 물을 게 있으니, 재촉하지 마라."

"그것이 무엇입니까?"

"그 전에. 천하제일고수를 눈으로 마주한 것치고는 감흥이 없구나?"

"심공을 익혔습니다."

"불공같이 평정심을 유지하는 것인 듯한데."

"비슷합니다."

"좋은 심공이군."

"질문이 무엇입니까?"

"전에 물었던 것을 다시 묻고 싶다."

"전에 물었던 것이라 함은……."

"천마신교. 그곳은 좋은 곳인가? 아니면 나쁜 곳인가?"

확실히, 이소운은 왜국의 배 안에서 피월려에게 그 질문을 했었다. 피월려는 눈을 감고는 같은 대답을 말했다.

"모르겠습니다."

"왜 천마신교에 있는가?"

"살기 위함입니다."

"정녕 그렇다면 왜 황궁제일미를 죽였는가?"

"……."

이소운은 심장이 꿰뚫린 채 죽음을 맞이한 황궁제일미의 시신을 내려다보며 나지막하게 말했다.

"자네는 살기 위해 천마신교에 있다 했다. 하지만 죽음을 직감한 그대는 천마신교의 이익에 맞춰 행동했군. 모순이지 않은가?"

"……."

"천마신교에 충성할 이유도 없는 자네가 죽음이 눈앞에 보이는 찰나의 수명을 천마신교를 위해 썼네. 이 이유가 궁금하네만."

"알지 못하겠습니다. 머리가 그렇게 움직였을 뿐입니다."

"자네는 마교인이군. 이미 마교인이 되었어."

"그럴지도 모르겠습니다."

"솔직히 자네를 살려두고 싶었네만, 이렇게 된 이상 어쩔 수 없지. 저 세상에서는 좋은 인연이……."

이소운은 말끝을 흐렸다. 때문에 의아함을 느낀 피월려는 눈을 떴고, 곧 북쪽 하늘을 올려다보는 이소운을 볼 수 있었다. 피월려는 자동적으로 그의 시선을 따라 눈동자를 움직였고, 하나의 검은 점이 인간의 형태를 갖추고 있는 것이 보였다.

아니, 인간의 형태를 갖추고 있다고 인식하자마자 머리에서 두 더듬이가 솟아났다.

도대체 뭐지?

그 의문을 스스로에게 던졌을 때쯤, 그것이 도착했다.

콰— 앙!

황태자의 머리와 심장을 관통한 두 장검은 그 뒤로 뚫고 나가 땅에 비스듬히 박혀 들어갔다. 사람 키보다 큰 검신은 핏빛으로 빛나고 있었다. 비스듬히 땅에 박혀 있는 그 장검의 손잡이 위로 두 다리를 디디고 있는 남자는 평균보다 작은 키에, 볼 주변으로 주근깨가 가득한 남자였다.

나지오다.

"어이, 검신. 내가 너 찾아서 낙양까지 갔다 도로 왔잖아?

이제야 겨우 만났네. 아고, 힘들어. 그리고 옆에 있는 피 후배도 안녕? 잘 지냈어?"

"……."

"……."

피월려도 이소운도 전혀 상황을 이해하지 못하겠는지, 침묵을 유지할 뿐이었다. 나지오는 폴짝 뛰어서 검에서 내려온 뒤, 두 검을 잡은 뒤에 마구잡이로 휘둘렀다.

붕.

부— 웅.

길이가 길이인지라 엄청난 파공음이 생성되었음에도 불구하고, 나지오는 엿가락을 휘두르듯 그 두 검을 다루었다. 그는 상쾌하다는 표정을 짓고는 두 검을 어깨 위로 올렸다.

"입신의 고수 처음 봐?"

나지오의 비웃음에 이소운이 넋이 나간 듯 말했다.

"누구인가? 전혀 예상할 수가 없군. 헌데 그 검은 혹……."

나지오는 이소운의 말을 잘랐다.

"나지오. 한때 화산의 제자였다, 지금은 천마신교를 섬기지."

이소운은 나지오란 이름을 기억할 수 없었다.

"이름을 듣지도 못한 자가 어찌 입신에 올랐단 말인가?"

"입신에 오른 전 황룡검주 진파진을 내가 베었다. 죽음을 각오한 진짜 실전으로 한 다섯 번인가? 죽을 뻔했더니, 입신이 뭔지 대충 깨달아지더군."

"……."

"솔직히 낙양에 있을 줄 알았는데, 거기 없어서 얼마나 실망한 줄 알아? 그러니 나와 좀 어울려 줘야겠어."

그리고 즉시 충전되어 쏘아지는 두 검강.

이소운은 즉시 보법을 펼쳐 뒤로 물러났다. 그러자 한번 승기를 잡은 나지오가 보법을 펼쳐 따라붙으면서 쉴 새 없이 칼을 휘둘렀다. 길이가 길다 보니 일방적인 그림이 나오기 시작했다.

쾅! 콰쾅! 쾅!

나무 하나를 뿌리째 뽑아버리는 검강이 폭발음을 남기며 점차 피월려에게서 멀어졌다. 피월려는 정신없이 그 광경을 보고 있다가 순간 그의 앞에 나타난 검은 의복의 사내를 보곤 깜짝 놀랐다.

그 사내가 말했다.

"낙성혈신마. 홀로 움직일 수 있으십니까?"

그는 낙양지부 제오대 제일단에 속해 있는 매화마검수 중한 명이었다. 그의 의복은 피로 젖어 있었는데, 이미 많은 사람을 상대하고 온 듯 보였다. 그 얼굴을 기억한 피월려는 놀란 가슴을 쓸어내리며 고개를 저었다.

"아니, 불가능하오. 왼팔의 기혈이 모두 상하여 지금은 심공으로 봉인한 상태인데, 이를 푼다면 이 혈기가 전신에 역류하여, 치명적인 내상을 받을 것이오."

"그렇다면 왼팔만의 문제가 아니군요."

"극양혈마공의 기운으로 치료를 하려면 언젠가 풀긴 풀어야 할 텐데, 지금 푼다면 충격으로 정신을 잃을 수도 있소. 또한 무릎도 망가졌으니, 무공을 펼칠 수는 없을 것이오."

"그러면 차라리 정신을 잃어버리는 게 낫겠습니다. 낙성혈신마께서 지금 이곳에서 하실 수 있는 것이 없으니 차라리 빠르게 치료부터 하시는 것이 좋지 않겠습니까?"

그 사내의 뒤로 다른 매화마검수들이 나지오가 간 길을 따라서 경공을 펼치고 있었다. 아마 나지오를 도와 이소운을 상대할 생각인 듯 보였다.

피월려는 잠시 고민했지만 곧 고개를 끄덕였다.

"동의하오만, 혹여 내가 기절하면 내 신변을 부탁하오. 나와 같이 온 살수들은 아마 황제의 암살에 동원되었을 것이니, 여기서 내가 기절하면 내 신변을 봐줄 사람이 없소."

그 사내는 힘없는 미소를 지었다.

"검선을 상대하는 일입니다. 만에 하나 승리하게 되면 신변을 보장하겠습니다."

승리할 수 있을까?

가능성이 희박하다.

피월려는 고개를 끄덕였다.

"알겠소."

"그럼."

그 사내는 피월려의 시선에서 사라졌다.

피월려는 바닥에 누워 자기의 다리를 보았다. 무릎 아래로는 아무런 감각이 느껴지지도 않는 것이 기혈이 모두 망가진 듯 보였다. 그는 억지로 다리를 폈고, 극양혈마공을 운기하면서 모든 양기를 양 무릎으로 보냈다. 그러자 극양혈마공의 광기가 용안심공을 침범하기에 이르렀고, 더 빠른 치료를 위해서는 부득이한 결정을 내릴 수밖에 없었다.

피월려는 용안심공을 풀었고, 그 직후 머리를 강타한 고통에 정신을 잃었다.

＊   ＊   ＊

피월려가 눈을 뜬다.

어머니가 목금(木琴)을 연주한다.

망후조의 취월가.

"월려(月呂)야, 월려(月呂)야."

달의 등뼈.

그 위에서 피월려는 눈을 감는다.

청색의 황량한 사막.

바람은 차갑고 날카롭다.

잠은 오지 않는다.

그러나 그는 자는 척했다.

그가 자지 않으면 어머니는 나가지 않기 때문이다.

어머니는 피월려의 머리를 쓰다듬는다.

진한 화장의 분이 묻을세라, 입을 맞추지도 못한다.

어머니는 그렇게 웃음을 팔고, 음악을 팔고, 몸을 팔러 나간다.

홀로 남겨진 검은 방 안.

피월려는 하얀 호랑이를 상상한다.

아버지를 먹던 그놈은 무섭다.

그놈의 입가에 턱이 물린 아버지가 피를 흘리고 있다.

피월려는 벌벌 떤다.

하나 상상을 멈추지 않았나.

피월려는 떨지 않을 때까지 상상을 멈추지 않았다.

어머니가 돌아온다.

그리고 몇 번의 기침.

아들이 볼세라 얼른 핏자국을 숨긴다.

피월려는 떠날 때가 온 것을 직감했다.

어머니는 그렇게 죽고,

유산으로 딸랑 신발 한 쌍을 남긴다.

피월러는 세상에 홀로 남겨진다.

열두 살에 들어온 무림.

주변에는 피가 끊이질 않았다.

어린아이란 이유로 살아남는다.

피가 묻으면 몸을 씻고 옷도 갈아입으면 그만이다.

그러나 신발은 버릴 수가 없다.

맞지 않아도 억지로 발을 쑤셔 넣는다.

열다섯.

신발이 그의 발을 이기지 못하고 안에서부터 터져 나간다.

혈신동은 더 이상 혈신동이 아니게 된다.

이리도 쉽게 망가질 거, 뭐 그렇게 귀중히 했단 말인가?

그는 터져 버린 신발을 버린다.

그리고 삼 일을 운다.

칼을 갈고 몸을 다진다.

백호를 찾는다.

그리고 죽인다.

그리고 먹는다.

그리고…….

"용의 힘을 주마. 백호에게서 얻은 네 업보를 감당할 수 있게 해주겠다. 그 대신 조건이 있다."

"뭔데요?"

"내 이름으로 누군가 네게 부탁을 한다면 네 목숨을 걸고 서라도 반드시 해내라."

"알았어요. 밥이나 줘요."

황궁제일미는 다과를 내왔다.

심장이 뻥 뚫려 있고 입으로는 피를 토한다.

피월려는 왼손에서 쿵쾅거리는 그녀의 심장을 물끄러미 본다.

옆에 있던 진설린이 그것을 낚아챘다.

그것을 이리저리 만지면서 아미를 찌푸린다.

"마법이란 학문은 깊어요. 이 심장의 안팎을 뒤집어야 하는데……."

그녀는 한참을 고민하더니 그 심장을 들고 둘로 찢어버렸다.

사방으로 튀기는 피.

심장의 반은 아루타가 되었고, 그것을 시록쇠가 들춰 보았다.

"뭐냐? 여우냐? 아님 사람이냐?"

아루타는 어린 여자아이의 모습을 하고 있다.

반이 된 몸으로 아루타가 말한다.

"사랑해요."

흑설의 목소리다.

"사랑해요."

아루타는 흑설이 된다.

"사랑해요."

흑설은 진설린의 목소리로 말한다.

피월려는 몸을 떨며 운다.

그를 딱한 눈길로 내려다보던 혈적현이 웃는다.

"크하하하! 크하하하!"

달이 온통 떠나갈 것같이 큰 소리다.

"여간 수치스럽게 죽어라."

혈적현이 떠난다.

유일한 친구가 그를 버렸다.

유일한 부모님도 그를 버렸다.

유일한 스승님도 그를 버렸다.

피월려가 훌쩍인다.

달의 표면에서 용이 깨어난다.

포효를 터뜨리며 황금색의 용이 피리 안으로 들어갔다.

피리를 든 피월려는 망후조의 취월가를 연주한다.

극양혈마공이 진정을 되찾는다.

그리고 그의 몸을 일주천하며 몸의 상처를 다스린다.

몸이 불탈 듯 뜨겁다.

아니, 그의 몸은 타고 있었다.

극양혈마공은 불의 양기조차 빨아들인다.

"월려야, 월려야."

"월려야, 월려야."

"월려야, 월려야."

눈앞에 흑설이 갑자기 나타났다.

"날 사랑하지 않으면, 죽이겠어요."

그녀는 방긋 웃는다.

예화의 은장도가 피월려의 심장에 박힌다.

*   *   *

"허억, 허억, 허억."

전신에 땀을 쏟으며 피월려가 자기 심장을 부여잡았다. 그는 연신 격한 숨소리를 내며 눈을 깜박깜박했다. 그러나 눈꺼풀이 잘 감기지 않는지, 아니면 잘 떠지지 않는지, 깜박이는 것이 매우 느렸고 또한 힘겨워 보였다.

흐린 시야가 점차 자리를 잡았고, 방 안의 광경이 눈에 들어왔다. 처음 보는 곳으로 햇빛이 들어오지 않는 어두운 곳이었는데, 먼저 역한 냄새가 코를 찔렀다. 피와 고름, 그리고 시체 냄새와 더불어 각종 야재에서 나는 쓴 냄새가 숨도 쉬기 어렵게 만들었다. 그는 서둘러 내력을 일으켜 보았는데, 몸 상태가 완전히 회복된 것은 아니나 견딜 만했다.

"일어났군."

피월려는 옆에서 들리는 혈적현의 목소리에 고개를 돌렸다.

혈적현은 그의 옆 침상에 누워 있었는데, 그 또한 몸 곳곳에 부상을 당해 이곳에서 치료를 받고 있는 듯했다. 다리 한쪽은 완전히 부러져 부목으로 겨우 자리를 잡고 있었고, 눈 한쪽은 붕대로 가려져 있었다. 그 외에도 많은 부분에 상처가 있었는데, 피월려의 시선이 차마 떠나지 못한 곳은 다름 아닌 그의 오른팔이었다.

"너……"

혈적현은 왼손으로 책장을 넘겼다. 그의 옆에는 사람의 허리까지 올 만큼 많은 서적이 쌓여 있었고, 그의 침대에 아무렇게나 널브러진 서적만 열 권이 넘어가는 듯했다.

"상대가 강했다. 순수하게 졌어."

오른팔이 있어야 할 곳. 그곳에는 아무것도 없었다. 빈 소매만이 힘없게 축 늘어져 있었다.

무림인에게 한 팔이 없다는 것이 무슨 의미인지 피월려도 혈적현도 잘 알고 있다. 피월려는 마른침을 삼키고 말했다.

"눈도 잃은 건가?"

"알을 빼냈다. 회복되는 일은 없지."

그의 목소리는 놀랍도록 담담했다. 피월려는 자기가 한 팔을 잃고 눈을 잃었다면, 혈적현만큼이나 침착할 수 있을까 자문해 봤다. 아마 불가능할 것이다.

아니, 한 가지 가능성이 있다. 오랜 시간이 흘러 적응한 경우이다.

피월려가 물었다.

"그때 이후로 얼마나 지났지?"

"만 하루. 이제 곧 자시다."

혈적현은 서책에 눈을 고정하고 있었다. 조금도 흐트러짐이 없는 모습에 피월려가 묻지 않을 수 없었다.

"한 팔과 눈이 없이 어찌 그리 담담해?"

"담담하지 못할 이유라도 있나?"

"당연하지!"

피월려의 목소리가 높아졌다.

그는 자신이 화가 나는 것을 이해힐 수 없었다.

왜 자기가 화가 난단 말인가. 그리고 왜 혈적현은 저리도 담담한가. 그 사실이 더 화가 난다.

혈적현이 설명했다.

"당가와 싸우다 보면 실낱같은 상처에도 맹독이 침투하여 목숨을 잃는 경우가 허다하다. 때문에 그들과 싸움에 임하기

전에는, 자기의 사지마저도 빠르게 버릴 수 있는 독한 마음가
짐이 필요하다. 실제로 비도혈문에는 당가의 비도가 사지에
박혀, 그 즉시 잘라내 버린 혈족들이 허다하다. 팔 하나와 눈
하나면, 목숨을 건진 것치고 싼 거야."

피월려는 주먹을 꽉 쥐었다.

"몰라서 그래? 팔과 눈이 없이는 절대 대성할 수 없다!"

"……."

피월려의 외침에 처음으로 혈적현이 반응을 보였다. 넘어가
던 책장이 중간에 멈춘 것이다. 피월려는 말을 이었다.

"절정고수가 절정인 이유는 그 몸으로 낼 수 있는 한계에
다다랐기 때문이다. 팔이 없고 눈이 없으면 몸의 한계가 달라
져. 다시 절정에 이르려면 전의 몸을 머릿속에서 지우고 현재
의 몸을 다시 새겨야 한다."

"그럼 잊고 새기면 되겠군."

피월려는 고개를 돌렸다.

"자기 몸으로 태어난 사람도 자기 몸을 머리에 새겨 절정에
이르는 건, 만분지 일의 확률이야. 넌 머릿속에 있는 전의 몸
부터 잊어야 할 판인데 무슨 소리야."

혈적현은 격해진 감정으로 되받아쳤다.

"나도 다 아는 소리를 잘난 듯 지껄이지 마라."

"……."

"⋯⋯."

피월려는 그를 뚫어지게 바라보았고, 혈적현은 그 시선을 억지로 회피했다. 한동안 이상한 대치를 하던 그들의 사이의 긴장감을 깬 것은 주하였다.

"으으음. 일어나셨군요, 피 대원."

주하는 피월려의 옆에서 침상에 엎드려 있었다. 그를 간호하다 지쳐 잠에 든 것인데, 피월려와 혈적현의 언쟁 소리에 잠에서 깬 모양이었다.

피월려는 시선을 돌려 그녀를 보았다.

"주 소저는 괜찮으시오?"

"저는 내상만 입었을 뿐입니다."

"그렇다면 다행이오만, 그보다 어떤 일이 있었기에 혈적현이 저리된 것이오?"

피월려의 격앙된 목소리에 주하는 지금 상황을 이해할 수 있었다. 그녀는 달콤한 잠결을 머리에서 날려 보내고 기억을 떠올렸다.

"호룡군에 의외로 고수가 많았습니다. 백도무림에서 미리 손을 써, 호룡군에 구파일방의 고수들을 포진해 놓았더군요."

"그 뜻은 백도무림이 이미 반란을 알았다는 것이오?"

"수뇌부의 일은 모릅니다. 저는 일이 끝난 후, 피 대원과 혈 대원을 데리고 나 대주의 인도를 받아 이곳에 데려왔을 뿐입니다. 그러곤 줄곧 이곳에 있었습니다."

"그럼 지금 상황도 아는 것이 없소?"

"저에겐 아무 연락이 없었습니다만."

"……."

혈적현은 말없는 피월려에게 물었다.

"네 몸은 좀 어떠냐?"

피월려는 씹어 내뱉듯 말했다.

"네놈보단 좋다. 그나저나 널 이렇게 만든 놈이 누구야?"

"흥. 복수라도 할 거냐?"

"당연한 걸 물어?"

탁!

혈적현은 갑자기 서책을 소리 나게 닫았다. 그는 분노가 차
오른 눈으로 피월려를 응시하며 으르렁거렸다.

"내가 내 복수조차 못할 성싶으냐?"

피월려는 그대로 맞받아쳤다.

"그 꼴로는 참새 새끼 하나 못 잡을 거다."

"그래? 참새 새끼 하나 못 잡는 비도나 한번 막아봐라."

혈적현은 왼손을 딱 하고 퉁겼다. 그 즉시 그의 품에서 무
영비가 튀어나와 피월려의 얼굴을 향해 쏘아졌다. 주하는 그
순간 움직였고, 오른손으로 비도를 꺼내 휘둘렀다.

챙!

피월려의 눈앞에서 혈적현의 무영비와 주하의 비도가 충돌했다. 혈적현은 속에서 고통을 느꼈는지 얼굴을 찡그리며 신음을 속으로 삭였고, 주하는 비도를 다시 거둬들였다.

　주하가 얼음장 같은 표정으로 말했다.

　"애들 같은 장난은 그만하시지요."

　"……"

　"……"

　혈적현과 피월려 둘 다 말이 없었다. 혈적현은 억지로 무영비를 다루느라 내상이 도졌기 때문이고, 피월려는 그 위력이 지극히 반감된 무영비에 허무함을 느꼈기 때문이다.

　꺼내는 것부터 시작해서 쏘아지는 것, 그리고 날아가는 것과 돌아가는 것. 그리고 주하의 비도로 인해서 튕겨지는 것까지. 그 모든 것이 시간이 느리게 흘러가는 것처럼 느껴졌다. 그 정도로 혈적현의 무영비는 형편없었다. 혈적현의 자존심을 위해서 그냥 맞아주자는 생각이 들 정도였으니, 더 할 말이 없었다.

　차라리 그것을 보지 않았으면 모를까? 피월려는 마음에 무거운 돌 하나가 쿵 하고 내려앉는 것 같았다.

　혈적현이 갑자기 웃었다.

　"큭큭큭."

　"왜 웃지?"

"네놈 눈깔을 파버리고 싶어서 웃었다."

"……."

"다시 한번 그딴 식으로 나를 보면, 네놈과 파교(破交)할 테니 그리 알아."

딱딱하게 말한 혈적현은 서책으로 시선을 돌렸다.

피월려는 자신이 혈적현을 연민의 눈빛으로 봤다는 것을 깨달았다. 무의식적이었으나, 그것은 대단한 실수다.

묘한 침묵이 흘렀다. 어색함이 생겨나자 피월려는 그것을 깨고 싶었다. 혈적현과 대화를 나누고 싶었지만, 무슨 말을 하든 이상하게 흘러갈 것 같아 말을 시작하기가 힘들었다.

한참을 고민하고 나서야 한마디를 내뱉었다.

"무슨 책이냐?"

혈적현이 되물었다.

"뭐? 이거?"

"네놈이 지금 읽고 있는 거 말이야."

"유희(劉徽)의 구장산술주(九章算術註)."

"뭐?"

"기계공학(機械工學)의 필수지식이 산수(算數)다. 그래서 산수를 익히기 위해서 보고 있다."

"기계공학 따위를 익혀서 뭐 하게? 공인(工人)이 돼서 나라 밥이라도 먹게?"

"암기를 만들 거다."

"......"

"네 말대로 팔이 없으니 어차피 무공으로는 대성할 수 없다."

피월려는 기가 막힌다는 듯이 말했다.

"그래서 좌도를 파고들겠다고?"

"어."

"미쳤군."

"좌도의 극에 이른 사람을 보고도 그런 말이 나오더냐?"

"미내로 대주를 말하는 거라면 한참 잘못 짚었다. 마법은 좌도라고 하기보단 서양의 우도다. 그쪽에서는 그것이 무공이고 그것이 우도란 말이다. 하지만 기계공학은 그렇지 않아. 그것은 공인의 기술로 인간을 해치는 무도와는 전혀 다른 종류의 것이다. 물론 응용은 할 수 있겠지. 허나 그것이 주가 돼서 어떻게 무(武)를 이룬단 말이야? 무가 중심이 되지 않는 기술은 모두 좌도다. 그것을 극으로 이뤄봤자 강해질 수 없다. 차라리 검(劍)으로 새로 시작해. 내가 아는 모든 것을 다 가르쳐 줄게."

"기계공학도 어디선가는 우도겠지."

혈적현의 고집은 어떤 것으로도 뚫어낼 수 없는 것 같았다. 피월려는 막무가내로 나오는 혈적현을 타이르듯 말했다.

"정신 차려라. 너 한참 잘못 생각하는 거야."

"내 옆에 있는 책들을 봐라. 이거 지금까지 내가 모두 읽은 거야. 이 정도로 무언가에 매달린 건 처음이다. 내 천성과 맞아. 이제야 이걸 찾다니, 오히려 감사한 기분이다."

"정말 정신이 나갔군."

혈적현은 고개를 들었다. 그리고 입을 크게 벌리고는 하늘이 떠나가라 광소했다.

"크하하하! 언젠간 내가 네놈의 무릎을 꿇릴 거다. 내력 한 줌 사용하지 않은 내 앞에서 너는 검을 놓고 패배를 인정하게 될 거야."

"지랄."

"크하하하! 내 장담하지."

드르륵.

그때 방문이 열리면서 나지오가 나타났다. 나지오의 얼굴빛은 핏기가 가신 듯 매우 희어 주근깨가 잘 보이지 않을 정도였다. 그가 안으로 들어오자, 그가 가진 두 핏빛 장검이 그의 허리춤에 달랑달랑했는데 그의 흑색 의복과 묘한 조화를 이뤘다.

주하가 즉시 포권을 취하며 일어섰다. 혈적현은 왼손 하나로만 포권을 취했다.

그 둘이 이구동성으로 말했다.

"부교주님을 뵈옵니다."

"부교주님을 뵈옵니다."

"뭐?"

피월려는 너무 놀라 소리쳤으나, 그의 물음은 원래 존재하지 않았던 것처럼 사라져 버렸다.

나지오가 문을 닫으며 말했다.

"혈 대원. 그렇게 웃다 상처 덧나겠다. 좀 조용히 해라. 그리고 부교주라니. 아직 임시니까 전처럼 그냥 나 대주라 해라."

"존명."

"존명."

피월려는 아직도 멍한 상태에서 벗어나질 못하고 있었다. 나지오는 그를 보며 시익 웃었다.

"피 후배. 네 목소리가 얼마나 크기에 내 부하들이 여기 주변을 지나다가 네 목소리를 들었겠냐. 몸은 좀 어때? 살 만해?"

"그렇… 습니다만."

"웬 존대? 전처럼 하오체 써."

그도 그럴 것이 피월려의 머릿속에 황태자의 머리와 심장을 뚫어버린 장검 위로 선 나지오의 위엄이 이제 막 기억이 났다. 하늘의 천기를 흐리는 가공할 기운이 그를 뒤따르는데, 이는 천마가 아니고서야 불가능한 것이니 그는 천마급에 올라선 것이 분명했다.

아니, 이소운은 그를 입신의 경지라 칭했다.

피월려는 마음을 가다듬고 물었다.

"부, 부교주라면……. 정말로 입신의 경지에 오르신 겁니까?"

"그렇다 볼 수 있지."

"천마급이 초절정에 해당하니, 입신에 오르신 나 부교주께서는 천마급인 성음청 교주님보다 더……."

"그건 아니야. 교주님도 입신이거든."

"예?"

"전에 낙양지부에 교주님께서 찾아오셨을 때, 교주님은 날보고 단번에 내가 입신에 올랐다는 것을 간파하셨었어. 그리고 나도 교주님을 본 순간 교주님도 입신의 경지에 오르셨다는 것을 알 수 있었지."

"그럼 성음청 교주님이 천마급을 넘어서셨단 말입니까?"

"아마도."

말을 가만히 듣고 있던 주하가 물었다.

"마공의 끝은 천마입니다. 조화를 깨부수는 마공으로 어떻게 조화의 극인 조화경에 이를 수 있다는 말입니까?"

"입신(入神)의 길이 조화경만 있다고 누가 그랬나?"

"……."

"혼돈경(混沌經). 부조화를 일으키는 마공으로 내우주와 외우주의 경계를 허문 자의 경지를 칭하는 말이야."

주하는 단호하게 고개를 돌렸다.

"들어본 적이 없습니다."

나지오가 말했다.

"당연하지. 역대 교주 중 그 누구도 이룬 적이 없는 거니까. 정공으로도 지극히 힘든 벽인데 마공으로는 고금을 통틀어도 한 사람 나올까 말까 해. 나도 교주님을 보고 설마 하는 생각에 마공 서적을 뒤지다 겨우 찾은 거야."

주하는 여전히 미심쩍다는 표정을 지우지 못했다.

"만약 그것이 사실이라면 교주님께서는 진작 중원에 총공격을 명령하셨을 겁니다. 교주님께서 홀로 검선을 상대하여 승리하시기만 하신다면, 본 교가 충분히 중원 전체를 감당할 만합니다."

"그래도 수적으로 열세잖아. 교주님께서는 도박을 하고 싶지 않으셨나 보지. 하여간 그것까지는 모르겠는데, 교주님께서 혼돈경의 고수인 것은 무조건 확실한 사실이야."

가벼운 나지오의 목소리치곤 굉장한 믿음이 느껴졌다.

주하의 얼굴이 밝아졌다.

"그렇다면, 정말로… 정녕……."

나지오가 미소를 지으며 고개를 끄덕였다.

"그래. 이번에야말로 본 교의 숙원을 이룰 수 있을 거야. 항상 본 교의 발목을 잡았던 입신의 고수를 상대할 수 있는 수단이 둘이나 있으니."

"아. 아하하. 아하하하."

처음이다. 주하의 웃음소리를 듣는 것은. 주하는 정말로 기쁜 듯 보였다. 평소 차갑고 무표정한 그 얼굴에 기쁨이라는 감정이 묻어날 듯 녹아내리고 있으니 말이다.

그런데 문득 드는 궁금증이 있어 피월려가 물었다.

"그런데 나 부교주님께서는 어떻게 혼돈경에 오르신 것입니까? 고금을 통틀어도 몇 없을 그런 경지인데."

나지오는 입술을 삐죽였다.

"나는 어찌 보면 조화경이야. 혼돈경이 아니라."

"하지만 역혈지체이지 않습니까?"

"내가 익힌 내공은 자하마공. 원래 화산의 자하신공에 역혈지체에 맞게끔 수정이 된 것뿐이야. 마기를 내뿜고 마기를 사용하지만, 원래 마공이 가지는 특징은 하나도 없어. 오히려 정공의 특징만 있지. 익히기 까다롭고 형이상적이며 오랜 시간을 두고 내력을 끌어모으는 것하며……. 그러니 조화경이라 봐야 해."

"……."

"어때, 궁금증은 다 풀렸어?"

"아직 하나 남았습니다."

"뭔데?"

"이소운은 어떻게 되었습니까?"

"도망갔어. 내가 쫓아갈 여건이 못 돼서 놔줄 수밖에 없었지."

나지오가 그를 쫓아가질 못할 상황이라면 단 하나밖에 없었다.

"희생이 컸습니까?"

"다섯이 치명상을 입었다. 이곳으로 데려와 치료했는데 모두 죽었어."

같은 조화경이라 하나 경험이 절대적으로 부족한 나지오가 밀릴 수밖에 없었다. 따라서 그가 위험할 때마다 열 명의 매화마검수는 한 명씩 목숨을 희생하여 나지오를 살렸었다. 그런 그들의 숫자가 다섯이 되었을 때, 이소운은 겨우 상처랄 만한 것을 입었고 그길로 도주했다.

열 명의 매화마검수. 그들은 이제 다섯이 되었다.

피월려는 이상함을 느꼈다.

"검선이 도주할 정도면 치명상을 입은 겁니까?"

나지오는 아랫입술을 살짝 깨물더니 미심쩍다는 말했다.

"그게 좀 이상하긴 해. 그 상황에 검선이 딱히 도주할 이유가 없었거든. 뭐, 한 가지가 있다면 입신에 오른 나를 보고 계획을 변경한 거라고 생각할 수 있지. 그 뒤 검선은 호룡군에 투입된 태극진인들을 후퇴시키는 데 집중했으니까."

"그럼 일단 검선은 태극진인들을 모두 무사히 후퇴시키기 위해서 나 선배와의 싸움에서 도망친 것이군요. 그는 태극진 인 각각의 목숨을 소중히 생각하는 것 같습니다."

"쫓아가면서 다섯 이상은 죽었어. 적어도 피값은 청산했지. 그런데도 끝까지 도주만 하더군. 뭔가 미심쩍었단 말이야."

피월려는 나지오가 죽은 다섯 매화마검수의 희생을 말한다 는 것을 눈치챘다. 그는 침중한 목소리로 말했다.

"희생이 컸습니다."

나지오가 어깨를 들썩였다.

"그래도 그만큼 다들 성장했어, 나머지 다섯 중 한 명이 천 마에 올랐으니 말 다했지."

"……."

"또 하나 물어도 되겠습니까?"

나지오는 피식 웃었다.

"전에도 만날 그 소리하드만……. 물어봐."

"황궁은 어떻게 되었습니까? 반란은 성공했습니까?"

"응. 일단은 성공했지. 다만 문제가 있는 게, 저항 세력이 꽤 남았다는 거야. 덕분에 지금 황도는 완전히 봉쇄되어 있고, 그 안에서 피바람이 불고 있지. 나가보면 알겠지만 거대한 도

축장 같아. 죽은 사람이 산 사람보다 많지."

"⋯⋯."

"개봉은 황도로써의 기능을 상실했어. 지금은 그저 살육장
그 이상도 이하도 아니다. 더 질문할 건?"

"당장은 그거면 됐습니다. 대답해 주셔서 감사합니다."

"그래. 성실히 대답했으니 이젠 내가 물어볼게."

"물어보십시오."

"대답 여하에 따라서 네 생사를 결정할 테니 잘 생각하고
말해."

피월려는 순간 귀를 의심했다. 하지만 냉혹한 눈길로 그를
바라보는 나지오를 보며 그가 진심임을 알았다.

조금이라도 빗나가는 대답을 했다가는 즉시 목이 잘려 나
갈 것이다.

피월려는 식은땀이 나는 것을 느꼈다.

나지오가 말했다.

"반란이니 황태자의 암살이니⋯⋯. 그거, 누구한테 명을 받
은 거야? 혹시 단독 행동이야?"

"그것은⋯⋯."

피월려가 말을 꺼내기도 전에 나지오가 그의 말을 잘랐다.

"말 잘해. 내가 입신의 경지임을 드러낸 이상, 임시지만 부
교주야. 개인 명령이라면 장로 포함 그 아래까지 전부 번복할

수 있어. 그러니 네게 명을 내린 지가 교주님만 아니라면 그냥 진실을 말하는 게……."

이번에는 피월려가 나지오의 말을 잘랐다.

"단독 행동이었소."

"……."

"홀로 움직인 것이오. 주하와 혈적현은 내 생각에 따라준 것이오."

나지오는 웃었다.

"크큭. 묘하다. 존대하다 갑자기 하오체를 쓰니 이상하게 기분이 나쁘네."

"하오체를 쓰라고 한 건 나 선배이오."

"부교주, 부교주 하다가 갑자기 선배 하는 것도 기분이 나쁘고."

"그것도 나 선배가 하라고 하셨소. 뭣하면 지금이라도 호칭을 바꾸겠습니다, 나 부교주님."

"너 지금 비꼬냐?"

"아닙니다만, 부교주님."

"비꼬는 거 맞네."

"아닙니다, 나 부교주님."

"주하한테 못된 걸 배웠네. 됐어. 그냥 원래대로 해."

"알겠소, 나 대주."

나지오는 힘없이 눈웃음을 치다 본론을 계속 이었다.

"그래도 대답 여하에 따라 네 목을 치겠다는 건 유효해. 대답해. 왜 그런 단독 행동을 한 거야?"

"린 매를 황궁에 보낼 수 없었기 때문이오."

"그래서 황태자를 암살했다? 그건 너무 갔는데."

"다른 수단이 없었소. 린 매에게 집착하는 황태자는 무슨 수를 써서라도 아내로 삼으려 했을 것이오. 그렇게 되면 극양혈마공을 익힌 나는 죽게 되오."

"그녀를 사랑해서 질투가 나 황태자를 죽인 게 아니고? 차라리 그쪽이 말이 더 맞는 거 같은데."

"그것은 절대로 아니오."

"그래? 그렇다면 그냥 황궁제일미로 갈아치우면 되잖아."

"예?"

"그렇잖아. 그냥 네가 무림대회에 나가서 우승하고 황궁제일미와 결혼하면? 그러면 낙양제일미를 잃어버리든 말든 어차피 또 다른 천음지체를 얻으니 상관없었을 텐데. 극음귀마공이야 황궁제일미에게 갖다 주면 그만이고."

"내가 이곳에 올 때는 무림대회가 이미 시작한 후였소. 그리고 황궁제일미가 천음지체라는 사실도 나중에 알게 된 것이오. 그러니 그것은 현실적으로 불가능한 것이오."

나지오는 어깨를 들썩였다.

"그래서?"

"무슨 뜻이오?"

"그래서, 안 했다 이거냐? 현실적으로 불가능해서? 네가?"

"나 대주의 말을 이해하지 못하겠소만."

"그렇잖아. 황태자를 암살할 정도의 계획을 세운 네가 설마 그런 현실적인 문제에 부딪쳤다고 해서 그냥 안 한다고?"

"……."

"현명하기 그지없는 너라면 충분히 스스로가 우승자가 되는 방법을 찾아냈을걸? 물론 생각만 했다면 말이지. 문제는 네가 그런 생각조차 못 했다는 거야……. 아니, 안 했다는 거지."

"……."

피월려는 꿀 먹은 벙어리처럼 말이 없었다. 나지오는 그를 바라보며 능글맞은 표정을 지었다.

"뭐 그건 그렇다 치자. 그래서 황태자를 암살했다고 쳐. 그런데 그런 일을 진행하는 것을 왜 본 교에 숨긴 거야?"

"본 교에 숨긴 적은 없소. 다만 개봉지부장이 모르게 했을 뿐."

"그게 그거지."

"개봉지부장은 나를 못마땅하게 생각했소. 그래서 내 계획을 말하면 필히 방해할 것이라 생각했기에 그에게 숨긴 것이오."

"그런 생각은 왜 하게 됐지?"

"개봉지부장은 내가 죽는 것을 허락했소."

"뭐?"

"이번 반란을 주도한 백운대장군 손막에게 직접 들은 말이오. 백운회에서 나를 죽이려 했는데, 내가 천마신교의 마인임을 알아내고 개봉지부에 연락했었소. 그때 개봉지부장은 나를 죽여도 좋다고 말했다 하오. 따라서 나는 더 이상 개봉지부를 믿지 못하고 단독 행동을 한 것이오."

"……."

"내 단독 행동은 천마신교에 충성을 다하지 않은 것이 아니라, 개봉지부장과의 개인적인 마찰에 의해서 그런 것이었소. 그리고 본 교는 마인 개개인 간의 마찰에 간섭하지 않소."

나지오는 손가락 하나를 들고 좌우로 흔들었다.

"말은 그럴싸하네. 하지만 넌 중요한 걸 놓치고 있어. 단도직입적으로 간단하게 설명하지. 네가 단독 행동을 하지 않았다면, 지금쯤 우리는 낙양제일미를 통하여 황태자를 손에 넣었을 거야. 하지만 네가 단독 행동을 했기 때문에 삼황자가 황제가 되는 어이없는 일이 발생했어. 그리고 넌 그것을 전부 알고 오히려 백운회를 도와주었지. 그게 문제인 거야. 네 단독 행동으로 인해서 상황이 악화되었으니까."

"아니, 오히려 좋아졌소."

"무슨 뜻이야?"

"내가 단독 행동을 하지 않았다면 낙양제일미를 통하여 황태자를 손에 넣었을 것이라 가정하는데, 이는 잘못된 것이오. 내가 단독 행동을 하지 않았을 경우 일어났을 일은, 백도무림에서 낙양제일미를 살해하고 황궁제일미를 통해 황태자를 손에 넣는 것이오. 그나마 내가 단독 행동을 했기 때문에 백도무림의 손에 떨어질 황태자가 죽게 되어, 중립적인 입장을 가진 삼황자가 황제가 된 것이오."

"뒷받침할 증거는?"

"역시 반란을 직접 주도한 백운대장군이 내게 그렇게 말했으니 확인하실 수 있을 것이오. 또한 검선 이소운이 무림대회의 우승자가 되어 황궁제일미의 남편이 될 예정이었소. 이것만 보아도 연결되는 것이 있지 않소?"

"……."

"멍청한 개봉지부장의 계획은 이미 백도무림에 의해서 간파당한 후였소. 내가 단독 행동을 하지 않았다면 백도무림의 뜻대로 모든 것이 돌아가 돌이킬 수 없는 사태가 만들어졌을 것이오. 따라서 내 단독 행동은 결과만 놓고 본다 해도 천마신교에 대한 불충을 찾을 수 없소. 그러니 이번 일로 부교주께서 처벌해야 할 자는 내가 아니라 개봉지부장이오."

피월려는 누구보다도 당당하게 말했다. 마치 큰 목소리로 선포라도 하는 듯했다.

나지오는 잠시 잠깐 생각에 빠지더니 곧 박수를 치며 미소 지었다.

"자, 이 정도면 어때? 충분하다고 생각하는데?"

그의 말이 끝나기 무섭게 검은 물체가 천장에서 떨어졌다. 그 검은 물체는 점차 사람의 형상을 찾아가더니 곧 한 남성이 되었다.

그 남자는 처음 보는 인물이었는데, 사십은 충분히 넘은 중년의 사내였다.

"부교주님께서 직접 의혹을 해결해 주시니 감사할 따름입니다. 마조대에서는 더 이상 낙성혈신마에 관한 의혹을 절대로 제기하지 않도록 하겠습니다. 그럼 편히 만나십시오."

그 남자는 비범한 등장과는 다르게 방문을 통해서 밖을 나갔다. 그가 나간 걸 확인하자 나지오의 얼굴이 갑자기 환해지면서 피월려의 침상까지 걸어왔다.

그러고는 털썩 옆에 주저앉아 한숨을 쉬며 푸념했다.

"이야… 다행이다. 설마 했지만, 역시 넌 말발이 좋아."

피월려가 턱으로 밖을 가리키며 물었다.

"누굽니까?"

그의 대답은 혈적현이 했다.

"개봉의 마조대원이다. 최근 살막 및 하오문과의 줄을 마조대로 연결하기 위해서 나와 일적으로 많이 만났었지."

"마조대원?"

나지오가 힘없이 중얼거렸다.

"이번 일 때문에 마조대 신경이 날카로워져서. 혹시나 있을 배신자를 색출하기 위해서 이놈 저놈 캐고 있거든. 그런데 가장 의심적은 인물로 네가 거론된 거야. 그래서 내가 아니라고 하니까 안 믿더군. 태생마교인들은 뭐 다 그렇지. 그래서 내가 직접 나서서 의혹을 해결해 주겠다고 한 거야."

피월려는 이해했다는 듯이 고개를 끄덕였다.

"아하… 그래서 방금 날 그렇게 무섭게 취조한 것이오?"

"기분 상했다면 미안하다."

"아니오. 솔직히 이상하긴 했소."

"뭐가?"

"마지막에 황태자를 죽인 것은 나 대주 아니오?"

"그렇지."

"그때 나 대주께서 굳이 황태자를 죽일 이유는 없었소. 내 계획을 도와주는 것이 아니라면 말이오. 그러니 그렇게 날 도와준 나 대주가 이제 와서 뜬금없이 내 계획에 대해 의혹을 제기하는 것은 앞뒤가 맞질 않소."

"아하. 그러네. 그러면 넌 이미 내가 취조를 시작할 때부터 눈치챈 거구나?"

"옆에 누가 있는지는 몰랐지만, 나 대주가 진심이 아닌 것은 알았소. 때문에 그냥 그럴싸한 말로 넘어가기만 하면 문제없다고 생각했소만."

"오해하진 말라고. 내가 황태자를 죽여준 건, 네가 황궁제일미를 먼저 죽였기 때문이야. 네가 본 교에 대한 충성을 스스로 증명했기에 네 계획을 마무리해 준 거지, 널 특별히 봐준 건 아니니까."

"그래도 나 대주는 처음부터 날 믿어주었소. 감사하오."

"뭐, 똑똑한 놈이니까."

피월려는 옅은 미소를 지었다.

"눈앞에 있던 천하제일검을 몰라본 내가 뭐가 똑똑하다는 것이오? 나는 아직 한참이나 멀었소."

"이거 웃긴 자식이네."

"하여간 다행이오. 나는 이렇게 넘어갔으니. 아마 개봉지부장은 이제 꽤 애먹을 것이오."

나지오는 고개를 흔들었다.

"꽤 애먹는 게 아니라 아예 벌을 받았지."

"아, 그렇소? 무슨 일이 있었소?"

"죽었어. 개봉지부가 무너졌거든."

"……"

"화마(火魔)에 휩싸였는데, 백도무림 짓인 거 같아."

"여기가 개봉지부가 아니란 말이오? 그럼 여긴 어디이오?"

"마조대 비밀지부야. 마조대가 정보를 처리하는 곳이지. 규모도 꽤 작고 수용할 수 있는 인원도 몇 명 안 돼."

"그럼 아직 성 안이오?"

"말했잖아, 도성이 봉쇄되었다니까. 수로를 통해 몰래 빠져나갈 수 있긴 한데 그것도 한동안은 시일을 잡기가 힘들 거야."

"개봉지부가 불타다니……. 이건 거의 선전포고나 다름없지 않소?"

"사실 백도무림의 공격은 이미 그 전에 이뤄졌어."

"……."

나지오는 기지개를 켰다. 그러고는 하품을 했다.

"슬슬 본론이나 말하자고."

지금까지 말한 것을 서론으로 만들 만한 중요한 문제는 무엇인가? 피월려는 그것이 나지오와 피월려가 직접적으로 연관된 것이라고 생각했다.

즉, 낙양지부다.

피월려가 물었다.

"낙양지부에 되돌아간 일은 어떻게 되었소?"

나지오가 설명했다.

"처음부터 설명할게. 낙양지부는 지금 농성 중이야. 내가 낙양에 도착했을 때는 이미 늦었었어. 낙양지부가 완전봉쇄(完全封鎖)되어서 그 누구도 나가거나 들어가지 못하는 상태였지. 아마 박소을 대주께서 최후의 결단을 내리신 것 같은데, 그 정도로 지부의 상황은 좋지 않다는 거야."

피월려는 개봉지부장의 말을 기억했다. 그는 피월려의 예상이 사실이라면 백도무림에서 이미 인원을 깡그리 모아 천마신교 낙양지부를 급습하고도 남았겠더라고 말하며, 피월려의 말을 반박했었다. 피월려도 그 점이 마음에 걸렸는데, 이제 보니 낙양지부가 정말로 급습당한 것이다.

피월려가 물었다.

"적은 백도무림이오?"

"응. 화산, 종남, 태원이가 그리고 제갈세가. 네 문파의 고수들이 공격했다."

"……."

"그런데 이상한 것은 총공격이 아니라, 절정과 초절정으로 이루어진 정예부대만 보냈다는 거야. 그리고 정확하게 낙양지부의 입구를 알고 들어갔대."

"제갈세가에는 기문둔갑에 능통한 사람이 많다 하던데, 그들의 도움을 받은 것이 아니겠소?"

"그들은 문을 강제로 열었지, 문의 위치를 찾지는 않았다고 해. 백도무림 세력은 낙양에 도착하자마자 문의 위치를 이미 알고 있었어. 그들 정예부대가 지부에 침입하고, 안에서 싸우는 동안 상황이 좋지 못해 봉쇄령(封鎖領)이 떨어진 거지. 최소한 지부 안에 침입한 자들과는 동귀어진(同歸於盡) 하겠다는 거야."

"어떻게 그런 일이 있을 수 있소?"

"내가 전에 말했던 것 기억나? 의심 가는 사람이 있다고."

"지화추 단장을 말하는 것이오? 그가 배신을 한 것 같다고 하지 않았소?"

나지오는 고개를 끄덕였다.

"지부로 들어가지 못하니, 아무것도 할 수 없었던 나는 일단 지화추 단장을 찾아 나섰어. 지화추가 정말로 배신을 했다면 이미 지부에서 몸을 뺐다고 생각했기 때문이지. 그리고 이틀 정도 후에 그를 만났어."

"그렇다면 그가 정말로 배신한 것이오?"

"아니, 배신이라고 할 수 없는 배신이지."

나지오의 얼굴에는 복잡한 감정이 떠올랐다. 피월려는 눈을 가늘게 뜨고는 물었다.

"그것이 무슨 뜻이오?"

나지오가 한숨을 쉬더니 말했다.

"지화추는 낙양지부의 정보를 백도무림에 넘겼어. 네 무공

232 천마신교 낙양지부

도. 천음지체인 진설린의 정보도. 모두 그가 한 짓이야."

"그렇다면 그것은 명백한 배신이오."

"교주님의 명령을 따라 그리한 것이라면 배신이 될 수 없지."

"……."

그 순간은 옆에서 조용히 듣고 있던 혈적현과 주하도 놀람을 감추지 못했다. 주하는 화가 난 표정으로 나지막하게 말했다.

"교주님께서 왜 그런 명령을 내리셨다는 말입니까? 그것은 말이 되지 않습니다."

혈적현도 마찬가지였다.

"나 부교주님. 그러면 교주께서 이번 일을 모두 아시고도 넘어가신 거란 뜻입니까? 교주께서 왜 그런 명을 내린 것입니까?"

둘은 따지듯 큰 소리를 내었다. 하나 피월려는 조용히 턱을 괴고 있었다. 나지오는 그를 바라보며 특유의 미소를 지었다.

"피 후배, 넌 알겠어? 왜 교주님이 그런 명을 내리셨는지."

피월려는 느릿하게 말하기 시작했다.

"내가 이운소를 이소운으로 알아보지 못한 가장 큰 이유는 바로 이운소가 천마신교의 첩자라는 정보가 본부에서 온 정보였기 때문이오. 따라서 의심할 여지가 없으니, 아예 의심조차 하지 않은 것이오. 그런데 그것도 잘못된 정보였소. 그러니 그것도 교주께서 일부러 그렇게 꾸몄다고 볼 수밖에 없소."

"그래. 맞다. 그것도 거짓 정보였지."

"교주께서 이런 일을 벌이셨다면, 그만큼 본 교에 득이 되는 것이 있기 때문일 것이오."

주하가 앙칼진 목소리로 피월려에게 물었다.

"그것이 무엇이란 말입니까? 본 교가 이번 일로 무슨 이득을 취했단 말입니까?"

피월려가 조용히 대답했다.

"이번 일로 취한 것이 아니라, 이미 취했소."

"예?"

피월려는 시선을 들어 나지오를 보았다.

"소림파……."

나지오는 입을 살짝 벌렸다.

"거기까지 맞추다니, 너 같은 천재를 본 적이 없다, 나는."

칭찬에도 피월려는 힘없이 중얼거렸다.

"소림파가 멸문했을 때, 솔직히 이상하긴 했소. 백도무림의 태산북두(泰山北斗)인 소림파가 그리 쉽게 무너지는 것이 가능하겠소? 소림파 자체의 힘도 힘이지만, 소림파를 건들면 그 순간 전 중원에 산재한 백도무림이 단합하는 계기를 만들어주는 것이오. 그것이 소림파의 진정한 힘이오. 하지만 이번에 소림파가 멸문했을 때, 백도무림은 이상하리만큼 조용했소."

나지오가 맞장구쳤다.

"그렇지."

피월려가 계속 설명했다.

"소림파의 멸문은 합의하에 결정된 것이오. 백도무림에서 본 교에게 소림파를 내어준 것이오. 그리고 그 대가로 요구한 것이……."

나지오가 말을 이었다.

"낙양지부."

"그렇소. 천오백 명의 마인이 소속되어 백도무림의 한가운데 위치한 낙양지부. 교주께서는 이것을 대가로 지불한 것이오."

혈적현은 이해할 수 없다는 듯 말했다.

"그건 말이 되지 않는다. 백도무림에서는 왜 소림파를 포기하고, 본 교에서는 왜 낙양지부를 포기한다는 말이냐?"

피월려는 차분히 말했다.

"백도무림이라고 지금까지 말했지만, 그 중심은 누구지? 바로 검선 이소운이야. 그는 무당파의 인물이지. 소림파가 멸문하고 나면 무당파는 단숨에 백도무림의 정점에 서게 된다. 무당파의 입장에서는 소림파가 눈엣가시야. 다만 천마신교의 힘에 대항하기 위해서 필요한 동지이지. 그렇다면 천마신교에서 알아서 힘을 약화시켜 준다면? 소림파가 차라리 멸문하는 게 낫지."

"그, 그럴 수가……."

"낙양지부도 마찬가지다. 낙양지부에 있는 마인들은 전부 전대 교주 천각과 직간접적으로 연결돼 있는 사람이다. 천각의 아들 천서휘부터, 천서휘의 스승인 서화능. 천각과 의형제를 맺은 박소을 대주. 천서휘를 아끼는 미내로. 천서휘의 친우인 주소군……. 하나같이 성음청 교주님에게는 껄끄러운 존재지. 애초에 전대 교주의 세력을 본부에서 떨어뜨리기 위해서 낙양지부를 설립했다고 봐도 무방하다. 그러니 손쉽게 내어줄 수 있던 거야."

"……."

"교주께서 낙양지부에 직접 왔을 때, 그 이유는 바로 '심심하다'였다. 하지만 그게 진실일까? 아니, 그렇지 않아. 교주님은 직접 이곳에 와야만 하는 이유가 있었던 것이다. 바로……."

마지막 말은 나지오가 했다.

"검선 이소운과 거래를 하기 위해서. 낙양지부를 대가로 소림파를 멸문시키기 위해서."

"……."

"……."

피월려가 머리카락을 집어 뜯는 시늉을 했다.

"하아… 이제 좀 개운하다. 아… 정말이지. 지금까지 너무 미심쩍은 부분이 많았는데. 이제 좀 머리가 맑아지는 기분이 드는군."

나지오가 웃었다.

"큭큭큭. 교주님에게 화를 내는 게 정상 아니냐?"

피월려도 마주 웃었다.

"교주의 명이라면 지옥에라도 가야 하는 것이 마교인이오. 교주에게 쓰임을 받았다는 것에서부터 무한한 기쁨을 느끼고 있는데 무슨 말이오?"

"얼씨구. 연기를 제대로 하는구나."

"낙양지부를 위해 교주가 있는 것이 아니고 교주를 위해 낙양지부가 있는 것이오. 천마신교는 그런 단체가 아니오?"

나지오, 혈적현 그리고 주하는 동시에 입을 살포시 벌렸다.

피월려는 대수롭지 않다는 듯 말을 이었다.

"아니꼬우면 아니꼬운 놈이 강해져서 교주가 되면 되는 것이오."

"……."

"……."

"……."

"내 말이 틀렸소?"

"아니, 정확하다. 그것이야말로 본 교 율법의 핵심이지."

"후후후……."

피월려는 낮은 음으로 웃었다. 그 음조가 너무 낮아 웃음소리인지 아닌지 분간이 가기 어려웠다.

그때 누군가 방문을 열었다. 마조대로 보이는 사내였다. 그가 포권을 취하며 말했다.

"부교주님을 뵙습니다."

"어. 알아봤던 일은 어떻게 됐어?"

그 남자가 대답했다.

"행방을 찾을 수 없었습니다."

"그거 골치 아프게 됐군. 알았어, 단장에게 직접 뵙겠다고 전해."

"존명."

그 남자가 나가자 나지오가 머리를 싸맸다.

피월려가 물었다.

"무슨 일이시오?"

"무슨 일이긴, 귀찮기 그지없는 일이지. 아, 맞다! 네가 더 귀찮을 거 같은데?"

"내가 말이오?"

"응."

"행방을 찾을 수 없는 것이 무엇이기에 그렇소?"

"무엇이 아니라 사람이야."

피월려의 머릿속을 순간적으로 강타하는 것이 있었다.

"설마……."

"낙양제일미 진설린이 사라졌어. 백도무림의 짓으로 추정된다."

"……."

지금까지 있던 모든 상황에서도 평정심을 잘만 유지하던 그가 이번만큼은 도저히 불가능한지 얼굴 근육이 파르르 떨리고 있었다.

제오십오장(第五十五章)

피월려와 나지오는 복도를 걷고 있었다.

복도를 걸으면 거의 다른 사람과 마주치는 일이 없는 낙양 지부와 다르게, 개봉 마조대 비밀지부는 항상 새로운 마인이 맞은편에서 달리고 있었다.

급변한 개봉 정세에 맞춰서 빠르게 일 처리를 하는 듯 보였는데, 아무리 급히 달려가던 사람도 나지오의 얼굴을 확인한 순간 꼭 자리에 서서 포권을 취했다. 피월려는 부교주라는 일인지하만인지상(一人之下萬人之上)의 자리에 오른 나지오의 위엄을 피부로 실감할 수 있었다.

"부교주는 어떤 자리오?"

나지오는 뜻밖의 질문에 대수로울 것 없다는 듯 말했다.

"별거 아니야."

간단한 말. 피월려는 별로 만족스럽지 못했다.

"교주 바로 아래 위치한 자리인 만큼, 대단한 자리가 아니오?"

"대단한 것만큼 위험천만한 자리이기도 해. 신물이 없는 한, 교주에게 반박도 못하고……. 그냥 좋은 노예지. 그래서 입신에 올랐다는 걸 지금까지 숨긴 거지만……."

피월려는 미안한 듯 조용히 읊조렸다.

"나 때문에 밝히게 된 것이라면 미안하게 되었소."

나지오는 고개를 도리도리 돌렸다.

"아니야. 조화경에 오르고 보니 다른 조화경과 한번 싸우고 싶다는 호승심이 들끓었지. 교주와 싸울 수는 없는 노릇이니, 여차하면 검선에게 비무장이라도 던질 생각이었다. 그러다 이렇게 나타나 주니, 부교주가 가지는 위험성 따위는 눈에 들어오지도 않았어."

"그래서 낙양에서 이곳으로 달려온 것이군. 그러면 검선이 개봉에 있다는 사실을 미리 알았소?"

나지오가 설명했다.

"낙양지부를 공격하려는 문파 중에는 원래 무당파가 있었다. 그런데 무당파의 고수들이 공격하기도 전에 급히 개봉으로 선회했다더군. 백도무림의 동맹에 반하는 행동을 명할 정도로 영향력이 있는 인물은 검선밖에 없지."

"그렇다고 검선이 개봉에 있다 어떻게 확신할 수 있다는 것이오?"

"교주께서 직접 소림파를 멸문시켰으니, 검선도 직접 무당파를 이끌고 있다고 생각했다. 그러니 개봉으로 무당파의 고수들을 불러들였다면, 필히 개봉에 있다고 생각했어."

"혹 호룡군에 투입된 백도무림의 고수들은 모두 무당파였소?"

"응. 검선 본인을 포함해서 말이지. 난 가만히 기다리다, 황제의 거처에서 튀어나오는 검선을 보고 쫓아간 거야."

하긴 무당파의 고수 정도나 돼야 혈적현이 팔과 눈을 잃어버릴 만하다.

피월려는 당장에라도 혈적현의 눈과 팔을 앗아간 무당파의 고수를 추살하고 싶은 마음이 들었다. 하지만 그것이야말로 혈적현에 대한 모욕일 것이다. 피월려는 그 이름을 알고 싶다는 생각을 그만두었다.

만약 알게 된다면, 복수하려는 스스로를 주체할 수 없을 것이다.

피월려가 중얼거렸다.

"그래서 그 순간에 나 선배께서 올 수 있었군. 난 그 자리에서 꼼짝없이 죽는 줄 알았소. 그런데 단순히 검선이 개봉에 있을 거라는 추측만으로 낙양지부를 버리고 이곳에 오는 건, 조금 이상하오만."

나지오가 고개를 끄덕였다.

"내가 개봉에 온 것은 사실 그뿐만은 아니야."

"그럼 또 무슨 일이 있소?"

"지금 네가 나와 함께 가고 있는 이유, 그것을 위해서도 개봉에 왔어."

피월려와 나지오는 지금 진설린의 신변을 파악하고 확보하기 위한 논의를 하러 마조대 개봉단장을 만나러 가고 있었다. 즉, 나지오는 검선과 싸우기 위한 것뿐만 아니라, 진설린을 되찾는 일을 위해서도 개봉에 온 것이다.

피월려가 물었다.

"린 매의 신변을 나 선배가 확보해야 하는 이유가 무엇이오?"

나지오는 어깨를 들썩이며 가볍게 대답했다.

"미내로 할망구의 뜻이야. 데려오래."

피월려는 의문이 들었다. 부교주가 된 나지오가 왜 미내로 대주의 명을 듣는단 말인가?

"나 선배께서 미내로 대주의 명을 따르실 이유는 없소."

"그야 그렇지만, 완전 봉쇄 된 지부를 뚫고 안으로 들어갈 만큼 좌도를 깊이 익힌 사람은 우리 쪽에 그분밖에 없어. 그분은 지부의 외부에서 생활하시기 때문에 만날 수 있었는데, 진 소저를 개봉으로 데려간 본 교의 결정을 매우 언짢게 생각하고 계시더군. 여차하면 탈교(脫敎)라도 할 정도로 역정을 내셨어."

"미내로 대주께서 린 매를 제자로 들이셨으니……. 하지만 그 정도로 아끼는지는 몰랐소."

"그러게. 내가 아무리 부탁해도 안 열겠대. 심지어 부교주의 지위와 조화경의 무력으로 협박까지 해도, 그냥 죽이라고 하더군. 유일한 방법은 진 소저를 데려오는 거라고 하면서 나를 오히려 협박하는데… 하아, 짜증나."

"……"

"정말 골치가 아프게 됐어. 미내로 할망구와 사이가 나빠지면 그만큼 내 손해니, 난 어떻게 해서든 진 소저를 낙양으로 데려가야 해. 지금 이 순간에도 낙양지부에서 내 부하들이 죽어나가고 있을 거야."

낙양지부에서 연락이 끊긴 지 대략 열흘이다. 피월려는 힘없이 말했다.

"이미 끝나지 않았겠소?"

"낙양지부는 적에 의해 침투를 당했다 해도 단번에 함락되는 그런 단순한 구조가 아니야. 제이대가 있는 한, 보름까지는 충분히 농성할 수 있어."

"그 이후는?"

"솔직히 말하면 어렵지. 당장 음식이 부족할 테니……."

"그건 적들도 마찬가지 아니오?"

나지오는 고개를 흔들었다.

"백도무림의 고수들은 모두 정공을 익혔어. 음식이 없는 상태에서 오래 버티는 걸 생각하면, 마공이 정공보다 한참 뒤지지. 오래 끌면 절대 못 이겨."

"아, 마공이 그런 약점이 있었소?"

"약점이 하나가 아니야. 마공이 정공보다 강한 이유는 단 하나밖에 없어. 눈앞에서 당장 부딪치는 충돌력……. 그 외적인 부분은 정공이 마공보다 몇 단계나 앞서가지."

정공 중의 정공을 익힌 화산파 출신의 부교주, 나지오의 말이니 누가 한 말보다 신빙성이 있었다. 피월려가 짚어주지 않아도, 나지오는 이미 낙양지부의 절망적인 상황을 깊게 이해하고 있었다.

피월려가 환기를 위해 화제를 전환했다.

"그래도 어떤 정공이라도 내 회복력은 따라올 수 없을 것이오. 하루도 되지 않아 완전 박살 난 무릎과 왼팔이 거의 회복되었으니 말이오."

피월러의 쾌활한 목소리에 나지오가 피식 웃었다.

"그건 그렇지만, 구파일방의 고수들은 얼마든지 같은 효과를 낼 수 있어. 구파일방의 장점은 서로가 똑같은 내공을 익혔단 점이야. 한 명이 너와 같은 부상을 당하면 열 명, 스무 명이서 붙어서 돌아가며 하루 온종일 내력을 나눠줘. 그리고 다 같이 일주천을 하여 내력을 회복하면? 끝이야. 너처럼 수명을 끌어다 쓸 일도 없이 말이지."

"……."

"무당파의 태극진인 몇 명과 싸워봤다며? 그들과 싸우고 직접 죽여 보니, 듣던 거보다 약하게 느껴져 그들을 과소평가하게 된 것 같은데, 막상 쾅 하고 붙으면 그게 아니거든. 무엇보다 제일 까다로운 건 합격진이야. 본래 초절정고수는 절정고수 오십이 붙어도 승리를 장담할 수 없지. 하지만 네가 싸운 태극진인의 경우, 열 명에서 한 명의 초절정고수를 상대할 수 있는 합격진을 기본적으로 익혀. 본 교 입장에서는 기가 막히는 노릇이지. 모여서 합격진을 펼치면 전력이 단숨에 다섯 배나 세어지다니……. 무슨 희대의 마공도 아니고 말이야. 태극진인 전체가 합격진을 펼치면, 아마 천마급 마인 두세 명은 능히 상대할걸? 그러니 겉으로는 본 교가 강해 보여도, 함부로 중원을 침범할 수 없는 거야. 근데 혈기왕성한 젊은 마인들은 그것도 모르고 수뇌부가 겁쟁이라 생각하지. 무

공 수위만 단순 비교 하고는 입을 놀리는 거야. 어린놈들이
건방지게 말이지."

피월려는 잠시 말이 없다 깊은 한숨을 내쉬었다.

"나 선배의 말이 맞소. 사실 내가 태극진인을 죽이게 된 것
도 거의 각개격파였소."

"그래. 바로 그거야. 충돌력! 이거 하나만 마공이 정공을 넘
어서지. 그러니 백도무림과 전쟁을 하면 꼭 이 이점을 살릴
수 있는 전투를 해야 해. 머리를 조금만 잘못 쓰면 눈앞에서
코 베이듯 바로 당한다고."

"선배에게 큰 것을 배웠소."

"너도 수뇌부가 될 자질이 있으니까 말해준 거야. 언젠가
네가 마인들을 이끌게 되면 내 말을 명심하라고. 여기야. 들
어와."

나지오는 한 방으로 들어갔고, 피월려도 따라 들어섰다. 그
는 나지오가 한 조언을 마음속에 깊이 새기면서 방 안을 둘
러보았는데, 마조대 개봉단장으로 보이는 중년 남자가 나지오
에게 포권을 취하고 의자를 가리켰다.

"기다렸습니다, 앉으시지요. 뒤에는 낙성혈신마이오? 몸은
어떻고?"

이젠 대부분 그를 피 대원 대신 낙성혈신마로 불렀다. 피월
려는 생소한 기분을 느끼며 포권을 취했다.

"괜찮습니다."

굳이 존대를 할 필요는 없었지만, 신변을 봐준 은혜가 있어 도리에 맞게 말했다.

개봉단장이 피월려의 왼팔을 미심쩍은 눈빛으로 바라보며 말했다.

"당장 임무에 들어갈 수 있겠는가?"

"예."

"회복력이 극히 빠르군. 자, 자네도 자리에 앉게."

개봉단장은 옆에서 사람이 누울 수 있을 만큼 큰 크기의 종이를 꺼냈다.

개봉의 지도가 그려져 있는 것으로, 피월려는 그것을 본 것 만으로도 개봉의 지리가 한눈에 보일 정도로 정밀했다. 총 천 채가 넘어가는 건물 옆에는 각각 깨알 같은 글씨로 주석이 있 었는데, 종류에 따라 가(家), 옥(屋), 택(宅), 사(舍), 궐(闕)로 나 눠져 있었고 그 건물의 주인과 세입자까지 적혀 있었다.

개봉단장이 지도의 이곳저곳을 가리키며 말하기 시작했다.

"여기, 이곳이 개봉지부가 있었던 곳으로 지금은 잿더미가 되었습니다. 그 영향으로 주변이 쑥대밭이 되어, 거의 모든 건 물이 기능을 상실했습니다. 개봉지부가 폭발하는 당시 낙양제 일미는 이미 지부에서 나온 것으로 파악되고 있습니다. 개봉 지부장을 비롯하여 많은 인원이 휘말린 것을 보면, 폭발 전에

납치를 당했거나 아니면 홀로 나왔을 가능성이 큽니다."

나지오가 물었다.

"황룡무가의 친족들은 어떻게 됐어? 그들도 지부에 머물고 있던 걸로 아는데?"

"그들은 모두 황궁에 있었습니다. 다음 날 있을 혼인식을 위해서 아예 황궁의 별궁에서 숙박을 한 것으로 보입니다만, 황태자가 제의한 것을 따랐을 뿐이니 그들이 폭발을 미리 알고 피신했다고 보긴 어렵습니다."

"그러면 반란 당시 별궁에 있었다고?"

"예. 그 일과는 관계가 없이, 별궁에서 나오지 않았습니다. 황룡검주를 비롯한 황룡무가의 무사들이 그들의 식솔이 기거하는 곳으로 침투한 본 교의 마인을 몇 명 죽였습니다만, 별궁에 침입한 호룡군과 황군까지도 모두 베어버린 것을 보면 보호 차원에서 그리한 것으로 보입니다. 그들은 아직도 그곳에서 나오지 않고 있으며 별궁에 침입한 모든 이를 문답무용으로 죽이고 있습니다. 그들에게 서찰을 보내시겠습니까?"

"혼란 속에서 일단 식솔을 보호하겠다는 거지. 그들에 대한 문책은 나중으로 처리하기로 하자. 근데 진설린만 왜 지부에 있던 거야?"

"개봉지부장의 결정이었습니다. 중요 인물이니 결혼하기 직전까지 직접 보호하려 한 듯싶습니다. 별궁에는 그녀로 위장한 시녀가 가 있습니다."

"혹시 모르니까 그 시녀가 진짜 진설린이 아닌지 확인해야겠어."

"그건 이미 끝냈습니다."

"뭐? 어떻게? 들어가면 문답무용으로 죽인다며?"

"그쪽에서 아예 큰 표패(标牌)를 대문 앞에 걸어놨습니다. 본인들에게는 황태자비(皇太子妃)가 없으니 침입하면 즉살하겠다고……. 황군과 백도무림에게 하는 말이겠지만, 이는 본 교에게도 하는 말입니다."

"그 말이 사실이라 생각하는 이유는?"

"그들이 진설린을 데리고 있을 이유가 없기 때문입니다. 황룡무가는 가족애와는 거리가 먼 가문입니다."

나지오는 턱을 쓸며 의미심장한 미소를 지었다.

"그건 모르지. 거긴 피월려가 직접 가봐. 네 생명과도 직결된 문제니까."

"알겠소."

피월려의 말이 끝나기 무섭게 개봉단장의 어안이 벙벙해졌다. 그는 입을 살포시 벌리고 피월려를 어이없다는 눈으로 보고 있었는데, 나지오가 그의 앞에 손바닥을 흔들면서 말했다.

"갑자기 왜 그래? 정신을 놓고."

"아, 아닙니다, 부교주님."

그는 피월려에게 들으라는 듯이 부교주님이란 말을 강조했다.

그제야 피월려는 개봉단장이 왜 놀랐는지, 그리고 자신이 무엇을 실수한 것인지 깨달았다.

형식도 필요해서 있는 거라는 미내로의 말처럼 포권이라도 취했어야 한다.

그러나 정작 나지오는 별생각이 없었다.

"일단 진설린이 거기 없다는 가정하에 논의를 계속하자고."

"예, 알겠습니다, 부교주님. 일단 마조대는 개봉지부가 무너질 때, 폭약(爆藥)이 사용되었다는 점에 집중했습니다. 그리고 잿더미가 된 개봉지부의 상태를 살펴본 결과 폭약이 아니라 폭탄(爆彈)이라는 사실을 알아냈습니다."

피월려가 눈을 찌푸리며 물었다.

"둘의 차이가 무엇이오?"

개봉단장은 귀찮음을 내색하지 않으며 친절히 설명했다.

"폭약은 사람이 직접 가서 화약(火藥)에 불을 붙여야 하오. 하지만 폭탄은 불을 붙인 뒤에 던지고 쏘아낼 수 있소."

"그것이 큰 차이가 있소?"

"매우 큰 차이가 있소. 폭약은 화약을 구하기만 하면 누구든 쉽게 만들 수 있지만, 폭탄은 전문가의 손길이 필요한 것이오. 그 뜻은 폭탄 제조자를 좁힐 수 있다는 뜻이오."

"폭탄을 쓴 사람이 그걸 모르진 않았을 텐데, 굳이 폭탄을 쓴 이유는 무엇이겠소?"

"개봉지부의 주변은 항상 감시되고 있소. 지부 주변에서 화약 냄새가 났다면 즉시 발각되었을 것이오. 다른 방도가 없는 그들은 폭탄이 추적 가능하다는 것을 알았으나 지부가 무너지면 그들을 추적할 추적자도 죽으리라 생각했을 것이오."

나지오가 고개를 끄덕였다.

"좋아. 그것까지는. 그래서 폭탄 제조자는 찾아봤어?"

개봉단장은 지도의 여러 곳을 순서대로 짚으며 말했다.

"개봉에는 그만한 수준의 폭탄을 제조할 수 있는 사람이 총 여섯이 있습니다. 그중 세 명은 본 교와 연결되어 있고, 두 명은 하오문 출신입니다. 때문에 그 다섯은 즉시 확인이 가능했습니다만, 그 누구도 연결점을 찾을 수 없었습니다. 마지막 여섯 번째 인물은 무림과 전혀 관계가 없는 인물인데, 그 때문에 시간이 좀 걸렸습니다만……."

"그래서 그놈이야?"

"방금 들어온 보고에 의하면 아닌 것으로 판명 났습니다."

"그럼 누구야?"

"그건 알 수 없습니다. 다만 외부에서 폭탄을 만들어 개봉으로 들인 것이 분명합니다. 폭탄은 필연적으로 화약 냄새를 동반하니 함부로 들일 수는 없었을 터. 훈련이 잘된 개봉의 수문장들은 뇌물이 통하지 않기 때문에 합법적인 방법으로는 들여오지 못했을 것입니다."

피월려는 잠시 생각에 잠겼다 천천히 말했다.

"불법적인 방도라면, 마약이나 인신매매가 아니겠소?"

"황도에서는 다른 도시에서 인신매매로 취급될 만한 상당 부분이 합법이오. 지난 십 년간 그쪽으로 지속적인 막후교섭(幕後交涉)이 있어 지금은 거의 양지로 올라왔소."

"폭탄은 음지로 들여왔을 테니 인신매매는 아니겠군. 그렇다면 남은 건 마약이겠소."

"제 생각도 그렇소. 부교주님께서는 어찌 생각하십니까?"

나지오는 입술을 삐죽였다.

"난 잘 모르는 분야라……. 그런데 병장기는 어때?"

피월려와 개봉단장이 동시에 물었다.

"예?"

"예?"

"황도는 무기 소지를 금지하잖아. 그것 때문에 얼마나 불편한데. 그러니 병장기도 불법적인 방법으로 반입할 거 아니야. 마약처럼 말이지."

개봉단장은 느릿하게 고개를 끄덕였다.

"과연 그렇습니다. 저희도 불법적으로 무기 반입을 합니다만, 오히려 그 때문에 생각지도 못했습니다. 분명 백도무림에서도 이번 일을 위해서 병장기를 많이 반입했을 겁니다. 물론 백운회도 그렇겠습니다만."

나지오가 물었다.

"마약은 개봉지부에서 얼마나 담당했어?"

"개봉지부는 마약을 판매하기보다는 구입자에 가까웠습니다. 거부들의 욕구에 맞춰서 고급 마약을 개량하기도 했습니다. 개봉지부는 개봉에서 가장 큰 구매처이지요. 그쪽으로는 꽤 해박합니다."

"그 사실을 백도무림도 알까?"

"알았을 겁니다. 개봉지부가 개봉에서 가장 큰 마약 구입자라는 건 누구나 아는 사실입니다."

"그럼 마약의 반입을 통해서 폭탄을 들이진 않았을 거야. 우리의 눈이 훤한데, 그쪽으로 들여왔겠어? 병장기의 밀매에서부터 추적을 시작하는 게 좋겠어. 어때? 단장 생각은?"

"저도 동의합니다. 그러면 마조대는 이 시각 이후로 병장기 밀매에 집중하겠습니다."

"응. 부탁해. 피월려. 넌 지금 바로 황룡무가가 있는 황궁의 별궁으로 가. 가서 낙양제일미로 위장한 시녀가 혹시라도 낙양제일미가 아닌지 직접 확인해. 너라면 문답무용으로 죽이진 않을 테니."

피월려는 포권을 취하며 말했다.

"존명."

"아, 잠깐만."

나지오는 품속에서 마단 하나를 꺼냈다. 그는 피월려에게 건네주었다.

"이것이 무엇입니까?"

옆에 보는 눈도 있고 하니, 피월려는 나지오에게 존대했다. 나지오도 그 마음을 알았는지, 이번에는 그것을 지적하지 않았다.

"음기가 강한 마단이다. 혈 대원이 주라더군. 넌 모르겠지만 치료하던 와중에도 꽤 먹었어."

하기야, 몸속의 마기가 생각보다 괜찮은 것이 이상하긴 했다. 피월려는 그것을 받으며 말했다.

"감사합니다."

"감사는 혈 대원에게 해. 이번 일에 그놈 공이 컸지. 그 몸이 되도록 태극진인 열 명의 합격진을 상대하고 있었으니. 그놈이 내가 도착할 때까지 버티지 않았으면, 황제의 암살은커녕 혈 대원과 주하, 그리고 투입된 백운회 고수가 다 죽었을 거야. 최종적으로 혈 대원 때문에 거사가 성공한 거지."

"……"

태극진인 열 명이라면 초절정, 혹은 천마급 마인을 상대할 수 있다고 했다. 혈적현은 어떤 지옥을 경험하고 그 몸이 된 것인가? 피월려는 아무런 말도 할 수 없었다.

나지오가 말했다.

"어서 가. 한시가 급하니, 오늘부터 잘 생각은 꿈도 꾸지 말고."

피월려가 참담한 마음을 숨기며 포권을 취했다.

"존명."

＊　　　　　＊　　　　　＊

하늘까지 높게 솟은 소나무를 꼭대기에서부터 뿌리까지 반으로 갈라낸 솜씨엔 극강의 검술이 아니면 보여줄 수 없는 깔끔함과 세밀함이 엿보였다.

그리고 그 위로 아직 마르지 않은 핏물로 적힌 문구는 하나하나가 사람 크기만큼 커 거침없는 위엄을 토해내고 있었다.

몰유태자비(沒有太子妃).

여과진입살사(如果進入殺死).

수(誰).

피월려의 눈에는 수(誰)가 유독 눈에 띄었다. 누구라도 상관없다면, 피월려를 죽이지 않겠다는 보장도 없지 않은가?

그는 소나무에 다가가 문체를 하나하나 살폈다. 핏물은 손가락으로 찍으면 묻을 정도로 진했는데, 그 뒤로 연한 핏물자국 수십 개가 보이는 것을 보면 수십 차례 겹겹이 다시 쓰인 것 같았다.

황룡무가 가솔의 피로 쓰진 않았을 터. 즉, 침입자가 있을 때마다 침입자의 핏물로 다시 쓴 것이다.

피월려는 고개를 쳐들어 소나무의 꼭대기를 보았다. 적어도 넉 장에서 다섯 장은 돼 보이는 높이다. 이 정도의 높이를 경공으로 올라가 빈틈없이 글씨를 적은 것을 보면 보통 고수가 아닐 수 없었다.

피월려는 금강부동신법을 펼쳤다.

탁, 탁, 탁!

가볍게 소나무를 타고 올라간 피월려는 어느새 꼭대기에 도착해 있었다. 금강부동신법은 경공이 아니지만, 그 특성상 단시간이라면 어떤 경공보다도 더욱 경공 같은 움직임을 보일 수 있다.

피월려는 눈을 집중하여 피로 쓰인 글자 하나하나를 천천히 보았다.

그러자 글자에 나타난 희미한 무늬를 눈치챌 수 있었는데, 그것이 너무 희미하여 완전히 파악하기까지 세 번 이상은 더 뛰어야 했다.

"용이라……."

글씨를 쓴 사람은 용의 무늬가 조각된 검의 검면으로 찍어 내면서 글씨를 쓴 것이다.

그 용의 무늬를 생각한 순간 피월려는 하나의 검이 머릿속에 생각이 났다.

황룡검.

전 황룡검주 진파진이 다루던 그 검은 아직도 피월려의 뇌리 속 깊은 곳에 자리 잡고 있었다. 그 용이 꿈틀거리며 내뿜었던 검강은 평생 잊지 못할 것이다.

"낙성혈신마이십니까?"

피월려는 뒤에서 들린 목소리에 고개를 돌렸다. 그곳에는 한 사내가 어떤 긴 것을 싸맨 자루를 양손으로 공손히 건네고 있었다.

그는 마조대원으로 보관하고 있던 피월려의 무기를 찾아 가져온 것이다.

"찾으시던 무기가 이것이 맞으신지……."

피월려는 자루를 풀어 안에 든 검을 확인했다. 육중한 무게로 이미 알았지만, 눈으로 직접 확인하고 싶었다.

감히 휘두르고 싶은 생각조차 하지 못하게 만드는 장대검이 모습을 드러냈다.

피월려는 새로이 만들어진 검집에서 검을 뽑아, 검을 몇 번 휘둘렀다.

부웅. 붕.

조금씩 안정에서 벗어나 몸에서 넘치려는 극양혈마공의 양기를 쏟아내기 안성맞춤이었다. 피월려는 검을 검집에 다시 꽂고는 말했다.

"다시는 못 찾을 줄 알았는데……."

"무너진 지부 내에서 누군가 찾았습니다. 검이 특이하여 즉시 낙성혈신마의 검인 것을 알고 보관하고 있었습니다."

"여기까지 가지고 와줘서 고맙소. 개봉의 공기가 싸늘하여 무기를 소지하기 어려운 점이 있군."

그 남자는 고개를 조아렸다.

"낙성혈신마께서 그리 말씀하지 않으셔도 됩니다. 저는 명을 따를 뿐입니다."

"그렇다면 그런 김에 한 가지 명을 내리겠소. 이곳에서 나올 때까지 기다렸다, 내가 일이 끝나면 다시 이 검을 가지고 지부에 가시오. 내가 지부에 돌아가기 전 들를 곳이 있는데 무기를 소지한 채로 여기저기 다니기 어려워 그렇소만."

그 남자는 얼굴을 굳히고는 포권을 취했다. 그러나 그의 입에서 나온 말은 존명이 아니었다.

"불복(不服)."

상명하복은 천마신교의 기본 원칙이다. 피월려는 즉시 그를 벨 수 있었으나, 한번 물어나 보자는 생각을 했다.

"설마 나와 생사혈전을 원하는 것이오?"

그는 포권을 풀지 않고 말했다.

"저는 직속상관으로부터 직속명령을 수행 중에 있습니다. 제 직속상관인 개봉단장께서 제게 직속명령을 내린 이상, 다른 지마급 고수의 개인 명령을 수행하지 않아도 상명하복에 어긋난 것이 아닙니다."

상명하복(上命下服).

이것은 기본원칙인 만큼 각 글자마다 따로 정밀한 정의(定義)가 있다.

명(命)의 정의에는 명을 다섯 가지로 분류하여 그 사이의 상(上)과 하(下)를 나눈다.

첫 번째는 교주직속명령(敎主直屬命令), 혹은 교주명(敎主屬)이다. 교주의 입에서 직접 나온 명령으로 천마신교 그 자체의 명령이라 보기 때문에 그 어떤 명령보다 앞선다.

따라서 마교인이라면 교주보다 강한 힘을 가졌다 해도, 일종의 도전권(挑戰權)인 신물(神物)이 없는 한, 그 명령을 따라야 한다.

교주명으로부터 자유로운 마교인은 차기 교주라 할 수 있는 신물주와 신물과 관련된 모든 일을 담당하는 신물전(神物殿)의 교인들밖에 없다.

두 번째는 공식명령(公式命令)이라 한다. 천마신교 수뇌부라

할 수 있는 장로회에서 최종적으로 내리는 명령으로, 이는 마교 내에서 교주밖에 예외가 없다.

신물주나 신물전의 교인들도 따라야 하는 점과 개인이 아니라 장로회 전체의 명령이라는 점에서는 어찌 보면 교주명보다 더 강력한 것이다.

아무리 한 교인이 강하다 할지라도 장로회 전체보다 강할 수는 없기 때문이다.

세 번째는 직속명령(直屬命令) 혹은 전속명령(專屬命令)이다. 자기의 바로 위, 즉 직속상관 혹은 전속자의 명령을 직속명령이라 칭한다.

이를 어길 시 생사혈전을 신청한 것으로 간주되며, 정해진 기간 안에 한 사람은 죽어야 끝난다. 천마신교의 가장 기본적인 명령이며, 이로 인해 천마신교의 위아래가 정해진다 해도 과언이 아니다.

네 번째는 관할명령(管轄命令)이다.

이는 현실적인 명령이라기보다 직속상관의 명령을 직속상관의 직속상관이 내린 명령이 보다 우선시되게끔 하는 일종의 장치라고 봐야 한다.

천마신교의 독특한 철학이 여기 숨겨져 있는데, 천마신교의 마인은 자기와 가장 가까운 직속상관의 명령을 따른다면 그 위의 명령을 어기게 되어도 불복이 아니라 생각한다. 그

대신 그에 따른 책임은 모두 직속상관이 지게 되며, 불복의 대가 또한 직속상관만이 지는 것이 관례다.

천마신교에서는 부하가 상관의 손과 발이라는 생각이 지배적이며, 따라서 위로 올라갈수록 실질적인 권력이 그대로 늘어나게 된다.

다섯 번째는 개인명령(個人命令)이다.

직위에 관계없이, 내부에서 상급자가 하급자에게, 혹은 강자가 약자에게 내리는 명령으로 이는 상식선에서 벗어나지 않는 한 명령을 수행해야 한다.

한 가지 문제점이라면 '상식선'의 정확한 기준이 없다는 것인데, 관례적으로 직속상관과 동급의 마인이라면 직속상관이 나서서 보호해 줄 수 있으므로 웬만한 것은 불복하며, 직속상관보다 높은 급의 마인이라면 직속명령처럼 따른다.

책자를 통해서 그 사실을 모두 알고 있는 피월려는 당당하게 피월려의 개인명령을 불복하는 마조대원을 보고 한 가지 사실을 간파할 수 있었다.

마조대원의 직속상관인 마조대 개봉단장은 적어도 피월려와 동급의 마인이라는 것이다.

"마조대 개봉단장이 지마급 고수였소?"

"그렇습니다."

지마급 마인은 인간의 한계에 도달한 마인들이다.

인간의 한계가 엇비슷한 만큼, 지마급 사이의 생사혈전은 그 승패를 짐작하기가 극히 까다로웠다.

따라서 마교인이 한번 지마급에 오르게 되면, 인마 시절만큼 치열한 생사혈전을 통해 위아래를 나누지 않게 된다. 서로 승리를 장담할 수 없으니 저절로 생사혈전을 피하게 되는 것이다.

그리고 그런 안정성 때문에라도 천마신교에서는 요직을 지마급 마인 이상에게만 준다.

마조대 개봉단장이 지마급이라면 충분히 본부에서 요직을 맡을 수 있다.

"뭔가 사정이 있군."

"정보를 다루는 마조대의 마인들은 순수 무학을 숭배하는 대다수의 마교인들에게 조금 저평가당하는 부분이 없지 않아 있습니다. 단장님께서 지마에 오르신 지는 꽤 되셨습니다만, 아직 본 교에서는 알아주지 않는 것 같습니다."

"억울하시겠소."

"저야 직속상관께서 지마급이시니, 일이 상당수 편해져서 좋습니다."

이 또한 천마신교의 상관들이 실력 있는 강자로만 채워질 수밖에 없는 이유였다. 직속상관이 약하면 그 아래 있는 부하들이 너무 힘들어 차라리 자기가 생사혈전을 해서라도 갈아치우고 싶어지기 때문이다.

피월려는 웃었다.

"하하하. 그렇소? 강단 있는 것이 마음에 드는군. 이름이 어떻게 되오?"

"팔진입니다. 주팔진."

"주 씨라면 혹 암령가시오?"

"먼 분가(分家)입니다만, 그렇습니다."

"어쩐지 분위기가 비슷하다 했소."

"아시는 분이 있습니까?"

"주하라는 이름을 아시오?"

그 남자는 눈살을 크게 찌푸리며 혀를 내둘렀다.

"아, 알고말고요. 종가(宗家)의 젊은 아가씨인데, 암령가에선 꽤 유명합니다. 암령가주의 뜻을 꺾고 자기 뜻대로 확 그냥 마공을 익혀 버린……."

피월려는 주팔진의 말을 잘랐다.

"그만하시는 게 좋을 듯하오."

"왜 그렇습니까?"

"주하는 내 전속대원이오."

"그렇다는 뜻은……."

"지금도 옆에 있소만."

주팔진은 즉시 포권을 취했다.

"낙성혈신마께서 하시는 일이 잘되었으면 합니다. 그럼 가보겠습니다."

주팔진은 보법까지 펼쳐가며 그 자리에서 사라졌다. 피월려는 입을 막고 큭큭거렸다.

[왜 웃으십니까?]

주하의 물음은 단순한 궁금증이 아니었다. 그 속에 숨겨진 가시를 눈치챈 피월려는 얼른 얼굴을 폈다.

"흐음, 아니요. 지금 안으로 들어가겠으니, 만반의 준비를 하시오."

[항시 준비되어 있었습니다. 새삼스럽습니다만.]

"크흠."

헛기침을 한번 한 피월려는 극양혈마공을 펼치면서 소나무 뒤로 사람 키보다 높은 황궁의 담장을 훌쩍 뛰어넘었다.

별궁이라 그런지 겉모습이 화려한 큰 대궐이 여러 채가 보였으나, 그 앞에는 횅한 마당만이 피월려를 반겼다. 황룡무가의 사람들이 황군까지도 베어버리는 통에 그곳을 지키고 서 있는 사람은 아무도 없었던 탓이다.

피월려는 장대검을 꺼내 어깨에 메고는 천천히 걸음을 옮겼다.

그런데 각 대궐에서 각각의 검을 멘 무사들이 그를 마중 나왔다. 살기등등한 눈매가 대화를 거부하고 있었다.

피월려는 장대검을 고쳐 잡았다.

"나는 낙성혈신마다. 황룡검주에게 할 말이 있다."

그의 큰 고함에는 메아리가 없었다. 문답무용이라더니, 피월려도 예외는 아닌 듯 보였다.

처음 합격진을 만든 다섯 명이 피월려에게 검을 뻗었다. 광포한 기운을 지닌 검기는 황룡무가의 무공이 패공을 기반으로 만들어졌다는 사실을 기억나게 만들었다. 피월려는 장대검을 앞으로 쭉 뻗고는 극양혈마공을 끝까지 끌어 올리며 전신으로 발경했다.

검은 빛깔과 함께 바람을 타고 피월려의 마기가 그 지역을 진동시켰다.

피월려의 몸에서 발산된 반탄지기는 황룡무가의 무사들이 쏘아낸 검기를 마치 원래부터 존재하지 않았던 것처럼 흔적도 없이 지워 버렸다.

그리고 전 방향으로 옅어지며 사라졌다.

그러자 황룡무가의 무사들은 그 마기에 담긴 공포감에 순간 몸이 경직되고 말았다.

숲속에서 생활하며 내공을 갈고닦은 구파일방의 고수라 해도 완전히 저항할 수 없는 수준의 마기다. 정공이긴 하지만 정순함이 조금 떨어지는 오대세가의 내공으로는 피월려의 마기에 온전히 저항할 수 없었다.

내공의 도움을 받을 수 없다면 타고난 정신력으로 버티는 수밖에 없다.

피월려는 이를 악물고 억지로 공포감에서 벗어난 몇몇의 무사를 빠르게 확인했다. 그리고 그 수가 밀집한 한 곳을 찾을 수 있었다. 정면에 있는 집단으로, 총 여덟 명 중 여섯이 그의 마기에 저항하고 있었다.

정신력이 좋아서 그렇든 내력이 중후해서 그렇든 가장 귀찮은 상대임이 틀림없다.

피월려는 낙성혈신마라는 별호를 얻은 일을 기억했다.

투지를 잃지 않은 상대를 먼저 제압하는 것이 다대일 싸움에서 승리하는 지름길이라는 사실을 그때 피부로 느끼며 배웠었다.

피월려는 고통을 참으며 장대검을 어깨에 들쳐 멨다. 무리하면서까지 반탄지기를 펼친 것은 적의 전의를 상실시킴으로 가장 먼저 상대할 적을 알아내기 위함이었다.

이젠 알아냈으니, 다들 의지를 되찾기 전에 상황을 종료시켜야 한다.

극양혈마공의 힘을 받아 펼친 금강부동신법은 장대검의 무게까지도 능히 감당하며 피월려의 몸을 새처럼 띄웠다.

발을 움직이지도 않고 가속되었기 때문에 그 사실을 인지하기 참으로 어려워 어느새 쏜살같은 속도를 가지게 된 피월려의 몸을 눈으로 따라가면서도 믿기 어려웠다.

속도감에 몸을 맡긴 피월려의 정신도 가만히 놀고만 있지
않았다.

그는 수시로 여섯 무사를 비교하며 가장 영향력이 있을 만
한 사람을 찾았다.

얼굴과 옷은 물론이오, 표정과 눈빛까지 모든 것을 동원하
여 합당한 인물을 찾았다.

그리고 그 인물을 확정 지은 순간, 피월려의 육중한 장대검
이 극양혈마공에 담긴 마기를 품고 그 인물의 바로 위에서 아
래로 내려쳐졌다.

쾅!

땅이 수십 조각이 나며 유리처럼 깨어졌다.

간발의 차이로 뒤로 물러선 사내는 눈앞의 공기를 완전히
가른 장대검의 흔적을 느끼며 머릿속에서 생사의 갈림길에 방
황했다.

장대검이 훑고 간 반월형의 흔적은 공기가 반으로 갈라져
있어, 공(空)의 공(空), 즉, 진공(眞空)이 되었다. 그리고 장대검
에 넘치기 시작한 극양혈마공의 마기가 서서히 그곳을 채우기
시작했다.

그 마기는 공(空)으로 이루어진 반월형의 모양에 서서히 담
기게 되었고, 곧 검날의 형태를 갖추었다.

마기는 검기가 되었다.

찰나에 이뤄지는 일이 마치 엿가락을 늘여놓은 듯 그 사내에게 느리게 보였다.

사내는 그 과정에서 사람의 내력이 어떻게 손을 통하고 병장기를 통하여 움직이며, 검의 형태를 따라 검기로 이뤄지고 또한 마지막에 발경되는지를 눈으로 직접 볼 수 있었다. 몇 년 동안이나 그의 앞을 가로막던 무공의 벽이 모조리 무너져 내렸다.

사내는 희열을 느꼈다. 하지만 곧 희열을 느끼는 본인을 자각했다.

이토록 바쁜 상황에 희열을 느낄 새가 어디 있나? 그 질문은 곧 또 다른 그가 대답해 주었다. 그리고 그 질문을 듣고 해석하는 또 다른 그가 있었다.

자기가 자기를 보았고, 또 그것을 자각하는 자기가 있었다. 그렇게 그의 뇌는 무한한 자아로 가득 차올라, 대우주에 흡수될 준비를 마쳤다.

이젠 소우주인 그의 몸이 죽음을 맞이해야 할 차례. 그래야만 대우주로 움직일 수 있었다.

그의 영혼은 그때를 기다렸다. 하지만 기대와는 다르게 그의 몸은 죽음을 빗겨갔다.

"으아아아악!"

그 사내의 영혼은 비명을 질렀다.

무한한 수로 불어난 자아가 한순간에 하나로 다시 합쳐졌다.

곧 소우주는 오감을 통해 대우주와 교감을 나누기 시작했다.

왜 흡수되지 못한 것인가?

"아비보다 먼저 죽는 건 불효 중 불효이니라."

이 세상에 존재할 수 있었던 가장 큰 원인. 아버지가 부드러운 말로 아들을 달랬다.

아들은 생사의 교차점에서 겨우 자아를 자각하며 고개를 쳐들었다.

그곳에는 일평생 동안 기둥처럼 그를 받쳐준 남자가 따스한 눈길로 그를 내려다보고 있었다.

"아, 아버지⋯⋯."

황룡검주 진파굉은 그의 아들의 목덜미를 잡은 손에서 힘을 뺐다. 아니, 힘이 빠졌다고 하는 것이 옳았다.

아들이 죽음에 직면한 것을 목격한 순간, 내공뿐만 아니라 선천지기의 일부까지 끌어다가 경공을 펼쳤다. 그리고 손을 뻗어 겨우 아들을 구해낼 수 있었다.

하지만 그 대가로 얻은 것은 당장에라도 토악질을 하고 싶은 내상이었다.

그러나 초인적인 인내심으로 참았다.

목구멍까지 올라온 피를 다시 삼켰다.

아들을 죽이려 한 사내에게 조금이라도 허점을 보이고 싶지 않았다. 아비로서의 자존심과 수장으로서의 자존심이 허락하지 않았다.

피월려는 마기를 모두 토해내어 텅 비어버린 장대검에 다시 극양혈마공의 마기를 주입했다.

무게가 무게다 보니 발경으로 인한 내기의 순환력이 극도로 떨어진다. 이 정도 무게라면 그냥 내력을 주입하지 않아도 어지간한 검보다 강도가 떨어지진 않을 것이다. 피월려는 내력의 주입량을 적당히 조절하고는 장대검보다는 신체에 끌어모았다. 어차피 어떤 검보다 강도가 강한 이상, 내력을 낭비해서 더 강하게 만드는 건 의미가 없기 때문이다.

차라리 신체에 쏟아서 근력을 늘려 장대검을 더 손쉽게 다루는 것이 중요하다. 장대검으로 실전다운 실전은 처음이었다. 그래서 이제야 장대검을 어떻게 다뤄야 할지 대강 가닥이 잡혔다. 원하는 것을 얻은 피월려는 싸움을 멈출 생각으로 진파굉에게 말했다.

"황룡검주."

"낙성혈신마."

"그 누구의 피도 흐르지 않은 지금, 분쟁을 멈추고 나와 면담하시겠소? 아니면 더 피를 보고 결정하시겠소?"

진파쾽의 눈썹이 지렁이처럼 꿈틀거렸다.

나이도 한참 어리고 경력은 채 반도 되지 않는 피월려의 건방진 말에 분노가 솟아올랐기 때문이다.

무엇보다 아들을 죽이려던 그 검기가 진심이었다는 것을 참을 수 없었다.

그가 가진 인내심은 고통을 막는 데 모두 소진되고 있었다.

분노를 막을 여분이 없다.

진파쾽이 들고 있던 황룡검에 서서히 황금빛이 나기 시작했다. 피월려는 그것을 보며 진파쾽이 즉시 돌입할 것임을 직감했다.

제길. 설마 진짜로 싸울 건가?

천마신교가 두렵지 않은가?

피월려는 자기의 예상이 틀렸다는 사실에 낭패감을 느꼈다. 진파쾽은 황룡무가의 남자치고는 매우 유한 사람이다.

주먹보다는 말로, 검보다는 머리로 일을 해결하려는 성격을 가지고 있다. 따라서 이 정도의 도발은 쉬이 넘길 줄 알았는데, 생각보다 너무 진지하게 나오고 있었다. 진파쾽은 마음에서 새어 나온 분노를 잘근잘근 씹어서 말과 함께 뱉었다.

"내 아들을 건든 건 실수였다, 피월려. 아무도… 이 생사혈전에 관여하지 마라!"

조용한 어조로 언급된 생사혈전.

아들이라니? 그게 무슨 소리야?

피월려는 위기를 느끼며 다급히 주하를 불렀다.

"주 소저……!"

피월려의 말이 끝나기도 전에 진파굉은 황룡검을 앞으로 내질렀다. 피월려는 장대검을 안으면서 넓은 검면을 방패처럼 이용했다.

챙!

내력이 잔뜩 실린 황룡검이 튕겨 나갔다.

피월려는 장대검의 내구력에 감사함까지 느끼며 안색이 하얗게 변한 얼굴을 왼손으로 한번 쓸었다.

긴박한 순간에 이런 사치를 누린 것은 그렇게라도 하지 않으면 상황 정리를 할 수 없을 정도로 혼란스러웠기 때문이다.

아들이라고? 아들? 그 사내가 아들이었나?

이걸 어떻게 수습하지? 명령은 진 소저의 행방만 확인하면 되는데 어쩌다가 진파굉와 생사혈전을……. 미쳤지. 진파굉라는 위치만 보면 적어도 초절정고수일 텐데. 이 상황을 어떻게 빠져나가…….

가속된 용안심공으로도 거기까지밖에 생각할 수 없었다. 어느새 그의 앞에 나타난 진파굉의 황룡검에는 흰색으로 보일 정도로 빛나는 내력이 집중되어 있었기 때문이었다. 그 황룡검은 당장에라도 황룡을 쏘아 피월려의 심장을 관통할 것 같은 살기를 내포하고 있었다.

피월려는 그것이 어기충검임을 깨달았다. 진파굉은 단순히 내력을 주입한 황룡검으로는 피월려의 장대검을 베지 못한다고 판단해 검기 자체를 검에 두르는 어기충검을 펼친 것이다. 이대로라면 장대검을 틀어 다시 막아선다 해도, 장대검 채로 베어질 것이다.

그렇다고 회피하기에는 너무 늦었다. 완벽하게 피하려면 무거운 장대검을 버리는 수밖에 없는데 그렇게 하면 그다음은 어떻게 할 것인가?

피월려는 극양혈마공을 극한으로 운용하며 장대검에 내력을 주입했다.

장대검 자체의 강도를 극도로 보완한다면, 그보다 열 배는 가벼운 황룡검이 어기충검을 입었다 한들 막아낼 수 있을 거란 생각을 한 것이다.

단, 시간이 부족하다.

그 시간을 태평하게 황룡검이 기다려 주진 않을 것이다. 피월려는 그에 관해선 방비를 세우지 않았다. 그저 믿음으로 대신했다.

지지직!

뇌기를 담은 비도가 피월려의 머리 위에서 매처럼 비상했다. 소리를 뒤로하고 비행하는 비도의 속도는 이 세상에서 비교할 수 있는 것이 없었다. 그것은 황룡검을 휘두르는 진파굉의 심장을 발톱으로 옥죄려는 매와 같이 날아들었다.

챙!

놀랄 만한 반응 속도로 황룡검이 살짝 뒤틀려짐과 동시에 비도의 궤도에 없었던 황룡검이 그 길을 막아섰다. 이 세상에서 가장 강한 기운을 품은 비도이지만, 초절정고수의 어기충검을 감히 상대할 수는 없었다.

비도는 튕겨졌고, 황룡검은 원래 자리로 돌아가 피월려의 목덜미를 다시금 노렸다. 하지만 피월려는 이미 필요한 시간을 얻은 후였다. 그는 마기가 가득 담긴 장대검을 살짝 비틀면서 그 반동으로 몸을 뒤로 숨겼다.

장대검과 황룡검은 다시금 충돌했다.

서걱.

아까와 같은 격타음을 생각했던 피월려는 순간 가슴이 철렁하는 것을 느꼈다.

그의 귀에 들린 것은 두 물체가 충돌하는 소리가 아니라 한 물체가 검에 의해서 잘려 나가는 소리였다.

그리고 그 잘려지는 물체는 말할 필요도 없이 피월려의 장대검이다.

피월려가 든 장대검의 강도는 그냥 쇳덩이라 해도 좋을 만큼 강했다.

하지만 황룡검은 천 년이 넘는 세월 동안 내려져 온 보검 중의 보검.

그동안 날이 상한 적이 없는 황룡검은 비현실적인 예기를 그 검날에 품고 있었다. 이는 검끝으로 찌르는 것과는 또 다른 이야기다.

어기충검을 두른 검날이라면 내력이 주입된 장대검을 벨 순 없을 것이다.

하지만 그 검날이 단순한 검날이 아니라 천 년을 내려온 보검이라면 두부처럼 썰어버리는 것도 가능하다.

피월려는 어기충검이 주는 압박감에 황룡검 자체의 위력을 간과해 버렸다.

크나큰 실수가 아닐 수 없었다.

피월려는 본능적으로 뒤로 움직였지만, 그 검을 완전히 피할 수는 없었다. 그의 가슴팍에 있는 옷이 가로로 찢어지면서 피가 솟구쳤는데, 장대검에 주입된 피월려의 내력이 어기충검의 위력을 그나마 약화시켰기에 망정이지, 아니었다면 그의 상처는 크게 벌어졌을 것이다.

가슴에서 화끈한 고통을 느낀 피월려는 그것이 치명상까지는 아니라는 것을 그간 경험으로 알 수 있었다. 그는 반쯤 잘린 장대검을 들어봤고, 그 순간 쓰인 힘의 위력을 계산하여 잘린 장대검의 남은 부분이 얼마나 되는지 정밀하게 파악했다. 손잡이까지 대략 일 척. 전체와 비교하면 매우 짧은 길이였다.

그 순간 피월려의 뇌리 속에 천서휘와 있었던 일전이 번쩍였다.

다분히 도박수이지만 이대로 가만히 있다가는 다음번 공격에 목숨을 잃을 것이 자명했기에, 피월려는 어쩔 수 없이 남은 장대검 자루에 남은 내력을 모조리 쑤셔 넣었다.

펴엉!

장대검이 터지면서 검날 파편이 사방으로 비산했다.

피월려는 머리카락 사이로 스쳐 지나가는 파편을 느꼈지만, 몸에서 느껴지는 또 다른 고통이 없는 것을 느끼고는 안도했다. 자세가 조금 구부정하긴 했지만, 몸에 박힌 파편이 없다는 것은 천운이 따랐다고 봐도 과언이 아니었다.

그때였다. 황금색의 바람이 피월려의 몸을 감싼 것은.

피월려는 그의 몸속에 침투하는 황금색의 기운에 저항하기 위해서 안간힘을 썼다. 하지만 그의 몸으로는 역부족이었다. 황금색의 기운은 단순한 기운이 아니라 실질적인 힘을 가진 기운이었기 때문이다.

강기다.

진파쾽은 사방으로 비산하는 검날 파편을 막기 위해서 강기로 반탄지기를 펼치는, 즉 호신강기를 펼친 것이다. 단순한 내기가 아니라 강기를 온몸으로 발경하는 것으로, 아무리 초절정고수라 할지라도 함부로 사용할 수 없는 것이다. 피월려는 몸에 침투하는 강기를 막느라 애를 먹었다. 모공을 포함해서 온몸의 구멍이란 구멍은 전부 막고 겨우겨우 저항하는 것이 그가 할 수 있는 최선이었다.

결국 시간이 지나고 바람에 의해서 강기가 쓸려 나가자, 겨우 숨통이 트였다.

그가 눈을 가늘게 뜨고 보자, 그의 앞에는 황룡검을 내밀고 있는 진파굉이 보였다. 그의 입 아래로는 진한 붉은색의 피로 인해서 옷이 더럽혀져 있었다. 한참 피를 토한 것이 분명했다. 피월려의 눈에 한쪽에서 황룡무가의 무인들로 인해 포박을 당하고 있는 주하가 보였다.

비도를 날리느라, 위치가 발각되어 즉시 황룡무가의 무인들에게 합공을 당한 것이다.

희망이 없다.

아니다. 하나가 있다.

진파굉이 말했다.

"낙성혈신마. 죽기 전 할 말은 뭐냐?"

피월려는 말했다.

"죽이지 마시오."

"시답지도 않은⋯⋯."

진파꿍이 황룡검을 높게 들자, 피월려가 빠르게 말했다.

"아들인지 몰랐소."

"⋯⋯."

황룡검이 멈췄다.

"정말이오."

"할 말은 그게 다인가?"

진파꿍의 눈빛은 변한 것이 없었다.

피월려는 즉시 무릎을 꿇고 포권을 취했다.

"아들을 죽이려 한 점에 대하여 황룡검주에게 사죄하오. 아들임을 알지 못하고 한 일이니 자비를 베푸시오."

진파꿍은 잔뜩 일그러진 얼굴로 손을 뻗어 자기의 아들을 가리켰다.

"사죄를 나에게 하지 마라!"

피월려는 즉시 자세를 바꿔 진파꿍의 아들을 향해 포권을 취했다.

"뜻하지 않은 선공을 사죄하겠소. 모르고 한 일이니 용서해 주시오."

"⋯⋯."

아들은 말이 없었다.

목숨을 구걸하고 있는 피월려의 꼴도 웃겼지만 무인으로서

정정당당한 승부에서 져놓고 아버지의 등 뒤에 숨은 자기 꼴도 웃겼기 때문이다.

피월려가 다시 한번 큰 소리로 사죄했다.

"사죄드리겠소. 너그러이 용서해 주시오."

진파굉의 아들은 비웃음을 얼굴에 그렸다. 그것은 피월려를 향한 것이기도 했지만 자신을 향한 것이기도 했다.

"됐소. 용서는 무슨. 아버지가 아니었다면 나도 죽었어야 마땅하오. 아버지께서 낙성혈신마를 죽인다면 내게 평생 남는 수치일 것이오. 다만 한 가지만 약조해 주시오."

"무엇이오?"

"언젠간 기필코 내 힘으로 설욕하겠소. 그땐 천마신교니 황룡무가니 하는 건 다 내려놓고 나와 진심으로 싸워주시오."

"그런 약조라면 얼마든지 들어줄 수 있소."

진파굉은 검을 치웠다. 그는 뒤돌아 걸으며 말을 남겼다.

"네놈의 생명이 아까워서 살려준 것이라 착각하지 마라. 내 아들에게 스스로의 수치를 해결할 수 있는 방편을 마련한 것뿐이니. 저년을 데리고 어서 지부로 돌아가라."

그것 말고도 또 다른 이유가 있다.

황룡무가에서 천마신교의 지마급이나 되는 마인을 함부로 죽일 수 없기 때문이다.

이름 없는 인마쯤이야 실수로 죽였다고 하면 변명이라도 되지만, 낙성혈신마라는 별호가 엄연히 있는 피월려를 죽여놓고 그런 말이 통할 리가 없었다.

하지만 진파굉은 스스로 그 말을 뱉을 수 없었다. 평소에는 잠잠하던 자존심이 이상하리만큼 고개를 쳐들고는 속으로 들어가지 않았기 때문이다.

피월려도 그것을 괜히 언급하여 진파굉을 자극할 생각이 없었다.

사죄라는 극단적인 방법으로 겨우 진파굉의 이성을 되찾게 만들었는데 그걸 조금이라도 되돌리는 짓은 스스로 목을 긋는 것과 다름없다.

다행히 진파굉이 본래 이성적인 사람이라 간단한 사죄에도 감정을 억누를 수 있었기 망정이지, 만약 다른 사람이었다면 이 상황에서 빠져나갈 수 있는 희망이 없었을 것이다.

하지만 명령은 수행해야 한다.

피월려는 말했다.

"제가 여기 온 이유는 진 소저의 부재를 확인하기 위해서입니다. 이를 확인하기 전까지는 돌아갈 수 없습니다."

진파굉의 발걸음이 멈췄다.

"생명이 아깝지 않은 게로구나."

"아니요. 아깝기 때문에 이렇게 말씀드리는 겁니다."

"뭐라?"

"본 교에서는 명령을 수행하지 못한다면 목숨을 내놔야 합니다. 그러니 어차피 이대로 돌아간다면 죽습니다."

"……"

이는 거짓말이다. 물론 목숨을 내놓는 경우가 압도적인 건 사실이지만, 의도적인 불복이 아니라면 무게에 따라서는 단순한 처벌로 끝내는 상관도 많이 있다.

엄밀히 말하면 상관의 마음이지 죽음이라고 정해져 있는 건 아니다.

하지만 무림인들이 천마신교에게 가진 잘못된 선입견 중 하나가 바로 이것이다.

진파굉도 그렇게 믿었기 때문에 피월려의 말이 거짓이라 생각하지 못했다.

피월려는 입술에 침도 바르지 않고 말을 이었다.

"아드님의 수치를 스스로 해결할 방편을 마련하기 위해서라도… 저는 명령을 수행해야 합니다. 아닙니까?"

진파굉은 코웃음 쳤다.

"흥! 혀 한번 잘 놀리는구나."

"부탁드리겠습니다."

잠시 말이 없던 진파굉이 입을 열었다.

"좋다. 네 명을 수행할 수 있도록 도와주지. 그러나 어떻게 확인할 것인가? 황태자비께서는 이곳에 계시지 않는다."

"황태자비께서 없다는 건 잘 알겠습니다. 그러나 혼인하기 전에 황태자께서 돌아가셨으니 진 소저는 황태자비가 아닙……."

피월려의 말을 진파쾽이 다급히 잘랐다.

"황태자께서 돌아가셨다니?"

"……."

실수다.

진파쾽은 그 사실을 모르고 있던 것인가?

진파쾽이 진중한 목소리로 물었다.

"그 말이 사실인가?"

실수한 이상 거짓을 말할 수 없다. 뚫어지도록 쳐다보는 진파쾽의 눈빛을 마주보며 피월려가 고개를 끄덕였다.

"사실입니다."

"어허… 그런 일이."

진파쾽은 황태자의 죽음을 정말로 몰랐던 것 같았다.

그렇다면 적어도 표패에 적힌 의미가 이중적일 가능성은 없다.

피월려가 참담한 표정을 짓고 있던 진파쾽에게 말했다.

"진 소저께서 이곳에 없다는 사실을 확인해야겠습니다."

진파쾽이 눈살을 찌푸렸다.

"다시 묻겠지만 그것을 어떻게 한단 말인가? 내가 작정하고 숨겼다면?"

"간단합니다."

피월려는 자리에서 일어났다. 그리고 폐 속 깊숙이 공기를 들이마신 뒤, 마기를 실어 사자후(獅子吼)를 내질렀다.

"진! 설! 린! 내! 가! 왔! 소!"

별궁 전체를 진동하는 그 소리 속에서는 일차원적인 의미만 담겨 있었다. 중인들은 얼빠진 표정을 짓고 피월려를 보았으나, 피월려의 기세등등한 표정에 할 말을 잃었다.

피월려의 사자후가 메아리가 되었고, 그 뒤는 침묵이 자리를 잡았다. 한동안 할 말을 찾지 못한 진파굉이 한숨을 내쉬었다.

"이름을 부른다? 그것이 황태자비가 이곳에 없다는 것을 확인하는 방법이란 말인가?"

피월려는 자신 있게 고개를 끄덕였다.

"물론입니다."

"어째서? 무슨 주박(呪縛)이라도 걸어놨나?"

주박은 사람을 정신적 및 심리적으로 구속하여 도구처럼 부리는 것을 뜻한다. 황룡무가의 사람들도 그 말을 듣고서 피월려의 말을 이해했다는 듯이 서로를 보았다. 어린아이라 할지라도 강력한 주박이 걸려 있다면 말 한 마디에 천인공노할 악행도 주저 없이 한다. 이름을 부르면 즉시 나오는 것쯤은 간단한 수준이다.

하지만 피월려는 고개를 가로저었다.

"주박은 없습니다."

"그럼?"

"사랑."

"……."

"……."

주하까지도 입이 벌어졌다.

피월려는 가슴을 치며 말했다.

"그녀는 나에게 중독(中毒)되었습니다. 내가 없으면 못 살지. 그런 겁니다."

피월려를 제외한 모든 이의 마음이 하나가 되었다.

미친놈.

그나마 이성을 유지하던 진파굉이 차분히 물었다.

"내가 태자비를 감금했다면? 지금 약에 취해 숙면을 한다면? 그땐 어찌 확신할 것인가?"

피월려는 역으로 되물었다.

"황룡검주께서 왜 그런 것을 묻는 것이오?"

"정확하게 확인하려는 것뿐이다. 이번에 미지근하게 일을 끝내놓고, 나중에 와서 딴소리를 지껄이는 꼴을 보지 않으려 함이다."

"좋소. 나 낙성혈신마가 천마신교의 이름을 걸고 약조하겠소. 진 소저는 이곳에 없음을 확인했고, 그 일로 황룡무가를 다시 귀찮게 하지 않겠소."

"정말이냐?"

"그렇소. 그리고……"

피월려는 슬쩍 진파굉의 아들을 흘겨보며 말을 이었다.

"황룡무가 전체가 위태로워지더라도 아들을 위해서라면 기꺼이 나를 죽이려던 황룡검주께서 진 소저에게 어떤 고약한 짓을 할 사람도 아니라고 생각하오만."

진파굉은 그의 아들을 바라보는 피월려의 시선에서 무언가를 읽었다.

"네놈… 그것을 어떻게?"

"직접 들었소."

"……"

"말했잖소. 사랑한다고. 사랑하는 사이니 모든 것을 터놓고 말하오."

진파굉은 뚫어지게 피월려를 보았다. 그의 눈빛은 활활 불타오르고 있었지만 살기는 없었다.

"정말인가 보군."

피월려는 웃었다.

"돌아가겠소. 내 부하를 내어주시오."

진파핑은 손을 들었다. 그러자 주하를 포박하던 자들이 그 포박을 풀어주었다. 주하는 서둘러 피월려의 뒤로 걸어왔다. 그러고는 피월려에게 속삭이듯 전음을 보냈다.

[정말 이걸로 확신하실 수 있습니까?]

피월려가 말했다.

"확신하오."

[피 대원께서 그러시다면…….]

"갑시다. 여기에 진 소저는 없소."

[존명.]

주하는 모습을 감추었다.

피월려는 능글맞은 미소를 지으며 포권을 취했다.

"그럼 만수무강하십시오, 황룡검주."

피월려가 부유하듯 담장 뒤로 뛰어넘자, 진파핑은 가래침을 모아 그가 있던 자리에 탁 뱉었다.

『천마신교 낙양지부』 12권에 계속…

초대형 24시 만화방

신간 100%, 샤워실, 흡연실, 수면실(침대석), 커플석, 세탁기 완비

■ 광명 광명사거리역점 ■

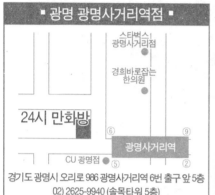

경기도 광명시 오리로 986 광명사거리역 6번 출구 앞 5층
02) 2625-9940 (솔목타워 5층)

■ 강북 노원역점 ■

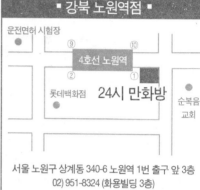

서울 노원구 상계동 340-6 노원역 1번 출구 앞 3층
02) 951-8324 (화용빌딩 3층)

■ 일산 정발산역점 ■

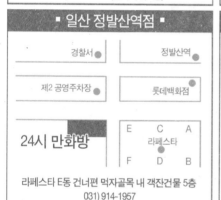

라페스타 E동 건너편 먹자골목 내 객잔건물 5층
031) 914-1957

■ 일산 화정역점 ■

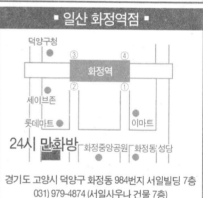

경기도 고양시 덕양구 화정동 984번지 서일빌딩 7층
031) 979-4874 (서일사우나 건물 7층)

■ 부천 역곡역점 ■

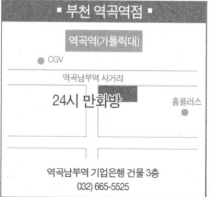

역곡남부역 기업은행 건물 3층
032) 665-5525

■ 부평역점 ■

(구) 진선미 예식장 뒤 한신포차 건물 10층
032) 522-2871

FUSION FANTASTIC STORY

박선우 장편소설

스크린의 별

비호감을 불러일으킬 정도로 못생긴 외모를 가진 강우진.

우연히 유전자 성형 임상 실험자 모집 전단지를
발견한 그는 마지막 희망을 걸고
DNA를 조작하는 주사를 맞게 되는데…….

과거의 못생겼던 강우진은 잊어라!

**세상에서 가장 아름다운 사나이.
그가 만들어가는 영화 같은 세상이 펼쳐진다!**

Book Publishing CHUNGEORAM

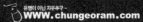
유행이 아닌 자유추구 -
WWW.chungeoram.com

FUSION FANTASTIC STORY

설경구 장편소설

저니맨
김태식

한 팀에서 오래 머물지 못하고
이 팀, 저 팀을 옮겨 다니는
저니맨(Journey man)의 대명사, 김태식!
등 떠밀리듯 팀을 옮기기도 수차례.

"이게… 나라고?"

기적과 함께 그의 인생에 찾아온 두 번째 기회!

"이제부터 내가 뛸 팀은 내 의지로 선택한다!"

더 이상의 후회는 없다!
야구 역사를 바꿔놓을
그의 새로운 야구 인생이 펼쳐진다!

Book Publishing CHUNGEORAM

유행이 아닌 자유추구 -
WWW.chungeoram.com